책만들기
어떻게
시작할까

스토리닷 글쓰기 공작소 시리즈 ③

책만들기
어떻게
시작할까

이정하 지음

스토리닷

오프라 윈프리가 하는 말

나는 오늘도 수련하러 갑니다

나는 오늘도 수련하러 갑니다

마음 그릇

1인 출판사 5년 동안의 기쁨과 슬픔
그리고 알게 된 것들

지난밤 잠이 오지 않았습니다. 커피 때문이었을까요? 내년에는 또 어떻게 살아야 할까 하는 생각 때문이었을까요? 한참을 뒤척거리다가 그러면 머릿속으로 이번 책 표지랑 부제라도 생각해보자 싶었어요. 지금 그 모습을 상상하니 참 우습네요. 깜깜한 방안에 가만히 누워서 머릿속으로 이럴까, 저럴까 상상하는 모습이요.

그렇게 잠을 못 자고 나온 이 책 부제는 '1인 출판사 5년 동안의 기쁨과 슬픔 그리고 알게 된 것들'이랍니다. 표지 역시 머릿속으로 그렸던 것을 엉성하게 연필로 슥슥 그려서 디자이너에게 보내췄더니 참고하겠다고 하더군요.

전 책《책쓰기 어떻게 시작할까》들어가는 말에 교정교열을 교열교열로 써놓아서 첫 장부터 오자가 났다고 사람들이 하도 많이 말해줘서 말로는 "네, 그러게요. 열심히 본다고 봤는데 그렇게 나왔네요."하면서 괜찮은 척했지만, '아, 빨리 2쇄 내서 고쳐야지' 하는 생각이 들면서 쥐구멍이라도 있으면 들어가고 싶었지요.

그래서 이번 책 교정교열을 보면서는 '함께 원고를 봐주실 분을 구합니다' 했더니, 지난여름 제게 글쓰기 수업을 들었던 인숙 님이 두 시간 전철을 타고 와서 한 네 시간 정도 교정교열을 보고 가기도 했답니다. 가는 길에 "그런데 작가님, 강의하실 때와는 달리 원고를 쓰셨던데요?" 하는 말에 살짝 놀라서 "에이, 강의할 때랑 똑같이 원고를 쓰면 신이죠."라고 어설프게 되받아치기도 했지요.

아닌 게 아니라 정말 저 혼자 하는 1인 출판사 스토리닷은 2019년 두 달에 한 번꼴로 책을 가장 규칙적으로 냈어요. 이 책도 잘 하면 그 두 달에 한 번꼴로 출간하는 2019년에 들어갈 수 있었는데, 어쩌다 보니 2020년 쥐띠 아이가 됐네요.

인숙 님이 교정교열을 다는 못 했지만 하도 꼼꼼하게 해서 이어서 교정교열을 보는데, 말하는 것과 쓰는 것은 또 이렇게 다르구나 하는 생각이 들기도 했고, 쓰기가 이렇게 어려웠구나 새삼 느끼기도 했지요.

그러고 보니 제 책은 한 해 걸러 한 권씩 나오는 셈이네요. 이 책은 밤잠 못 자고 생각해낸 '1인 출판사 5년 동안의 기쁨과 슬픔 그리고 알게 된 것들'이란 부제처럼 1인 출판사로 5년 동안 겪은 일들 특히 책 한 권, 한 권을 만들면서 느낀 점, 기획, 디자인, 제작, 마케팅으로 나눠 자세하게 이야기하고 있어요. 글 중간중간에는 출판사를 하기 전 이런 분들을 만났으면 좋겠다 싶은 업계 선배들 인터뷰를 담았고요. 마지막으로는 출판사를 하면서 들었던 제 나름대로 궁금증과 실제 질문에 대한 답을 Q&A로 묶어봤습니다.

모쪼록 책 쪽수로는 그렇게 길지 않지만, 이 책에 담긴 5년이라는 긴 시간이 녹아있는 책 한 권을 읽으면서 출판사를 시작하려는 이들, 독립출판물을 만들고자 하는 이들에게 작은 힘이 될 수 있기를 바랍니다.

한 해 끝과 시작 사이에서
이정하

차례

2018년 출판사 나이 다섯 살

용수 스님의 곰

나는 오늘도 수련하러 갑니다

시골에서 도서관 하는 즐거움

2017년 출판에 탄력이 붙기 시작했다

2015년 출판을 접을까 생각했다

2014년 내 출판사를 차려서 책을 낸다는 것

오늘부터 논술은 엄마가 가르친다

카메라 들고 느릿느릿

2018년

출판사 나이 다섯 살

나를 일깨우는
친절한 명상

용수 지음

용수 스님의
곰

스토리닷

책만들기 어떻게 시작할까

용수 스님의 곰

지은이 **용수** | 펴낸이 **이정하** | 디자인 **정제소** | 종이인쇄 **예림인쇄** | 제본 **예림바인딩** | 물류 **문화유통북스** | 발행일 **2018년 9월 18일** | 가격 **13,500원** | 분야 **에세이 > 명상에세이** | 분량 **256쪽** | 크기 **128*200mm** | 종이 내지 **미색모조 100g** 표지 **몽블랑 울트라화이트 210g** 면지 **밍크지 주황색 120g** | 표지 크기 **452*200mm** | 인쇄 내지 **1도** 표지 **4도** | 후가공 표지 **무광라미네이팅, 제목 유광 먹박** | 제본 **무선제본**

괜찮을 거라고 우주가 속삭입니다

선이 낫다고 생각하면 선뜻 난 것입니다.
병이 없다고 생각하면 병일 없는 것입니다.
마음 상황에는 자체적인 외부가 없습니다.
생각으로 별일을 만들고
생각으로 별일은 없는 것입니다.
세상은 생각대로 비추어 줍니다.
고통을 개념화하지 않으면 별일 없어요.
과정에 빠지지 않으면 별일 없어요.
희망을 잃지 않으면 별일 없어요.
보기하지 않으면 별일 없어요.
관념을 내려놓으면 별일 없어요.
관념을 내려놓으면 별일 없어요.
별 개념 없이 앉으로 나가세요.
우주가 속삭입니다. 별일 없어요.
괜찮을 거예요.
All is well.

44

명상이란

명상은 고통을 없애는 것이 아닙니다.
명상은 고통을 인정하고 느낄 수 있는 용기입니다.
삶이 쉽지 않습니다.
우리 모두에게 아픔이 있습니다.
행복하고 싶지만 분명 행복은 찾기 어렵습니다.
명상은 고통을 행복으로 바꾸는 것이 아니라
고통을 수용함으로써 행복해지는 것입니다.
명상은 고통을 담는 것이 아니라
고통을 싫어하는 마음을 녹는 것입니다.
삶이 썩 좋지 않습니다. 이 좋지 않은 것을 인정하고
편안해지는 것이 명상입니다. 썩 좋지 않은 것에
불만을 내려놓고 괜찮아 하는 것입니다.
고통을 환영하고 직면하려면 고통이 막막하지 않고
어디서 왔는지 없고 연기처럼 흩어진다는 것을
알게 됩니다. 이것이 우리의 수행입니다.
슬픔, 불안, 분노, 불행 자체가 나쁘지 않습니다.
수행을 늘는 벗입니다.

45

책만들기 어떻게 시작할까

다. 남을 좋게 보고 좋게 얘기하면 자신의 평판이 좋아집니다. 남의 눈치를 볼 필요가 없고 남의 반에 신경을 덜 쓰게 됩니다.

내 할 때 없는 말은 무슨 말을 하는지 세 말을 하는지 모르고 말을 계속 하는 것입니다. 줄 때 없는 말의 과보는 말의 부게가 떨어집니다. 수도연 말을 해도 사람들의 말을 잘 듣지 않습니다. 기도와 묵언수행을 하면 사람들이 우리말을 잘 듣습니다. 사람들 말에 자신입게 받음 할 수 있습니다.

대부분 말실수는 사례비가 없어서 하게 됩니다. 가만히 있는 연습을 하면 자제력을 키울 수 있습니다.

76

둘

오직 모를 뿐,
오직 사랑할 뿐

나오는 말
사랑하오 감사하오

이 몸으로
이 존재로
이 이름으로 사는 것은
길고 긴 영원 속에 오로지 한 번뿐입니다.
이생에 만난 모든 사람은 잠시 스쳐가는 인연입니다.
잠시 만나고 영원히 헤어집니다.
앤 친절 속에 나오는 민들레홀씨럼
전화로만 남은 쩐질입니다.
싫은 진바로 끝나는 환영 같은 친실입니다.
아름답고 서러운 꿈입니다.
이생을 떠나는 날, 빈손으로 가겠습니까?
의미 있게 용 살려하 레이있게 살아보지 않겠습니까?
환영인 겉모습을 벗어난
시간과 공간을 초월한
찬란하고 순수한 본성을 닮고 가지 않겠어요?
이생은 한 번뿐입니다.
우리 만남은 한 번 뿐입니다.

234

오늘 하루는 한 번 뿐입니다.
이 순간도 한 번 뿐입니다.
다시 맞을 수 없는 이생
다시 오지 않을 오늘
영원 속으로 사라지는 이 순간
어떻게 살까요?
무슨 말을 할까요?
마음을 열고
선양함을 품고
사랑하오
감사하오
다시 오지 않는
이 순간에······

235

느낀 점

책은 작가다

《용수 스님의 곰》을 만들고 나서 느낀 점은 두 말할 필요도 없이 '작가의 중요성'이었다. 놀랍게도 이 책은 출간하자마 자 2쇄를 찍어야 할 정도로 인기가 많았다. 물론 초판을 1천부 찍었으니 그리 많은 부수를 발간한 것은 아니었다. 출간 전에도 용수 스님 팬층이 두터워서 초판 2천부를 발행할까 했다. 그런데 제작비 중 종이인쇄비 차이가 1천부와 2천부가 그리 많이 나지 않아서 일단 1천부를 만들어보자 했던 것이었다.

그래도 '출간 즉시 2쇄 돌입'이라니, 이것은 마치 그 전까지 서점에 가면 종종 표지에 '출간 즉시 베스트셀러'라는 표딱지와 다를 바 없지 않은가! 그런 표딱지를 보면 그 전까지만 해도 '에이, 무슨……' 하면서 그런 내용을 사실보다는 마케팅 요소로만 생각하곤 했다.

하지만 작가인 스님께 출간일을 알려드리니 책이 출간되지도 않았는데, 북콘서트(작가와의 만남)를 전국 8곳을 잡아놓으셨다고 하셨다. 그러면서 바로 2쇄를 찍어야겠다는 말을 들으니 정말 작가 파워가 있는 책들은 그런 표딱지가 붙을 수도 있을 것 같았다. 물론 초판부수를 더 많이 잡고도 말이다. 여하튼 이 책을 쓰고 있는 현재(2018년 10월 15일) 1쇄가 나온 지 한 달도 안 돼서 2쇄를 발간했고, 2쇄 중 남아있는 부수가 500권대이다. 이런 판매흐름이라면 조만간 3쇄를 발간하지 않을까 싶다.

사실 스토리닷과 같은 1인 출판사에서는 소위 '역량 있는 작가'를 만나기가 쉽지 않다. 이는 한국 출판 나아가 우리나라 사람들은 어떤 제품이나 서비스를 선택함에 있어 브랜드를 선호하기 때문이다. 작가 역시 마찬가지이다. 책을 몇 번 써본 작가들은 1인 출판사보다 조금 더 규모가 있는 출판사에서 자신의 책이 나오길 바란다.

하지만 《책쓰기 어떻게 시작할까》에서도 말한 바 있듯이 1인 출판사와 같은 작은 출판사라 해서 단점만 있는 것은 아니다. 중대형 출판사와 비교해서 자본력과 조직력에서 밀리지만 책 한 권을 처음부터 끝까지 오롯이 끌고 가는 힘은 1인 출판사가 훨씬 더 낫다고 본다.

그렇다면 역량 있는 작가를 어떻게 만나느냐 이것이 관건인데, 이것은 《용수 스님의 곰》을 빌어 이야기해본다면 평소 편집자 관심사와 빠른 실행력이 《용수 스님의 곰》을 만들게 하지 않았나 싶다. 이 자리를 빌어 용수 스님과의 인연을 잠시 이야기 하자면, 이 책을 기획 편집한 나는 평소 선무도(요가, 명상, 기공, 무예를 한 번에 할 수 있는 수련법)를 하고 불자다. 그래서인지 출판사를 내고 3년 만에 광우 스님의 《공덕을 꽃 피우다》를 냈고, 이 책이 정말 잘 나왔다는 소리를 여러 곳에서 듣곤 했다.

사족 같지만 출판사를 하게 되면 돈을 보고 하는 책이 있고, 그와는 반대로 그저 내가 내고 싶은 책이 있다. 이 책을 다 읽고 '그래, 나도 출판사를 해봐야겠어!'라고 결심하고 출판사를 시작한다면 아마 이 말을 차차 공감하게 되리라. 용수 스님과의 인연에 대해 이야기하다가 잠시 다른 이야기를 한 것 같은데, 여하튼 용수 스님과의 첫 만남은 내가 다니는 선무도 도장에서였다.

책은 제목과 표지다

용수 스님과의 인연 이야기도 이 책의 기획 편집 이야기에 속할 수 있으니 계속 해보자. 용수 스님과 왜 선무도장에서 만났는가 하면 《용수 스님의 곰》은 용수 스님의 두 번째 책이다. 첫 번째 책은 《안 되겠다, 내 마음 좀 들여다봐야겠다》라는 책이다. 다름 아니라, 이 책 작가와의 만남을 선무도 도장에서 해서 참석한 것이었는데, 솔직히 그때는 왜 그랬는지 이 책도, 용수 스님도 크게 와닿지 않았다.

그랬다가 2년이 흐른 뒤 길상사에서 용수 스님의 법문을 듣게 됐다. 여기서 잠깐, 나에게 길상사가 어떤 곳인가? 내가 불교입문 강의를, 그것도 《공덕을 꽃 피우다》 작가인 광우 스님으로부터 듣게 된 곳이 아니던가? 오랜만에 길상사의 정갈한 경내도 구경할 겸 길상사 법회에 참석하게 됐고, 용수 스님과 함께 명상을 잠깐 해봤는데 아, 이 명상은 그동안 내가 경험해보지 못했던 명상이었다.

명상에 대해 관심 있는 분들은 이미 알겠지만, 우리나라 명상이라 알려진 간화선은 굉장히 어렵다. 반면 용수 스님의

책만들기 어떻게 시작할까

명상 첫 멘트는 "자신에게 친절하세요."였다. 이렇게 글로 쓰니 그때 느낌이 살지 않는데, 이 한마디가 나에게 용수 스님 책을 만들고 싶게 했다.

그 후 용수 스님이 SNS 특히 페이스북을 열심히 하시는 것을 알고, 페이스북 글을 열심히 읽어보았다. 정말 다 내 이야기 같았다. 특히 스님은 매일 아침 페이스북에 글을 올리시는데 나중에는 아침이면 스님 글이 언제 올라오나 기다릴 정도였다.

길상사에서 스님을 뵙고 얼마 지나지 않아서 스님 연락처를 지인을 통해 알게 됐고, 바로 스님 책을 내고 싶다고 말씀을 드린 후 스님을 뵈러 세첸코리아명상센터로 갔다. 가슴에는 책을 스토리닷과 내자는 계약서 2부를 비장하게 품고서 말이다.

그런데 말은 '비장하게'라고 썼지만, 스님께서 세첸코리아명상센터로 오시라고 말한 순간 왠지 스님 책을 낼 수 있겠다 싶었다. 그렇게 해서 그날 그 자리에서 계약서를 썼다. 책을 낸 지금 생각해도 참 신기한 일이다. 어떻게 일사천리로 그렇게 일이 진행됐는지 말이다.

그런 면에서 생각해보면 그 책을 만드는 기획 편집자나

작가가 원고 내용을 얼마나 좋아하고, 공감할 수 있는지가 참 중요하다고 본다. 얼마 전 잘 나가는 스타트업을 하는 사람들은 일을 놀이처럼 한다는 이야기를 들었다. 일을 '돈을 버는 구실'로서만 하는 것이 아니라 일을 즐겨야 스타트업에서 가장 중요한 '새로움'이 생기기 때문이란다.

이 책 역시 한국에서는 아직 낯선 티베트불교 그 중에서도 명상을 주로 다루고 있다. 스님이 매일 아침 페이스북 등 SNS에 올리는 짧지만 큰 공감을 주는 글들을 어떻게 하면 '글'에 집중해서 읽을 수 있게 펴낼 수 있을지 생각해보았다. 스님 글은 위트가 넘쳤고, 어떤 날은 시처럼 아름다워서 어정쩡하게 이미지를 넣어서 책을 읽는 이들의 눈을 흐트러 놓고 싶지 않았다. 해서 오롯이 본문은 글만 들어가게 책을 만들고 싶었다. 다행히 글만 넣어도 스님 글이 시처럼 쓴 것들이 많아서 적당한 여백을 가질 수 있었다.

책은 제목과 표지가 팔아준다는 말은 책을 가까이 한 사람이라면 여러 번 들어봤을 것이다. 그 말처럼 이 책이 아니어도 책을 낼 때마다 책 제목은 항상 고민스럽다. 원고를 검토하면서부터 교정을 볼 때마다 책 제목이 될 만한 곳은 줄을 쳐놓거나 별도로 메모를 해두기도 한다.

그런데 이 책은 이상하게도 책 제목이 금방 떠올랐다. 매일 나에게 힘을 준 글들이라 처음에는 '용수 스님의 나에게 힘이 되는 말'이라고 지었다. 하지만 우리 출판사 외주 디자인을 맡고 있는 정제소에서 계속 제목에 대해 '너무 밋밋하다, 너무 착하다, 평범하다' 등 제목을 다시 생각해달라고 요청해왔다.

때는 팔월, 제주 휴가지까지 교정지를 바리바리 싸들고 온 상태였다. 가족들은 바다에 빠져 즐거운 시간을 보내고 있을 때, 나만 근처 커피숍에서 그림의 떡인 바다를 바라보며 교정지를 뚫어져라 쳐다봤다. 풍경이 좋은 휴가지라고 해서 좋은 생각을 가져다 줄 수 없었나 보다. 그렇게 휴가지에서는 새로운 제목을 찾지 못하고, 서울에 와서 '그래, 다시 한번 원고나 가볍게 읽어봐야겠다'라고 생각하고 정말 독자 입장으로 교정지를 갖고 카페에 앉아 읽고 있다가 명상을 티베트말로 '곰'이라는 부분에서 멈칫했다.

이거다 싶었다. 바로 디자이너에게 그 부분을 사진으로 찍어서 보내줬다. 그랬더니 그렇게 제목에 대해 불만족스러웠던 디자이너가 바로 표지 작업에 들어간다고 알려왔다. 그것도 자신이 손수 그림까지 그려서 말이다. 그래서인지 책이 나오고 많은 이들로부터 책 제목과 표지가 참 좋다는 이야기를 많이 들었다.

공을 들이면 분명 알아봐 준다

기획 이야기가 길었다. 이 책은 기획 편집 못지않게 디자인도 참 할 말이 많다. 다른 곳에서는 책을 어떻게 만드는지 모르겠지만, 1인 출판사인 우리 출판사 스토리닷에서는 책 한 권을 낼 때 오롯이 그 책에만 집중할 수 없다.

책을 내기 위한 일반 업무도 해야 하고, 그 책 진행 진도에 따라 다음 나올 책 원고를 검토하기도 하고, 작가 미팅도 해야 하고, 이미 나온 책들도 마케팅을 해야 한다. 정말 누구 말대로 참 정신없어 보이지만, 이게 현실이다.

다행히 이런 정신없는 상황에서도 그나마 마음 맞는 외주 작업 업체나 작업자님들이 있어 그나마 결과물에 대해 마음 놓고 책을 진행할 수 있는 듯하다. 기획 편집 이야기할 때도 말했지만《용수 스님의 곰》이란 제목도, 표지 곰 그림도 이 책에 정제소 공이 많이 들어갔다. 책을 만들면 아무리 그게 일이라 해도 자신이 좋아하는 일에는 분명 다른 일보다 정성이 많이 들어가고, 그러면 그 공은 분명 누군가는 알아봐 준다.

하지만 디자인도 《용수 스님의 곰》이라는 제목이 나오기까지는 작업 진도가 잘 나가지 않았다. 지금 생각하면 이 책은 책 크기부터 고민됐다. 스님 책을 만들기로 하고 10년 가까운 페이스북 글을 다운로드 해서 그 중 공유가 30회가 넘는 것으로 추리고, 다음에는 최근 것으로 정리한 후 그것을 분량에 맞게 셋으로 나눴다.

참고로, 그렇게 추리고 추렸는데도 한 권 더 만들 분량이 남아서 이 원고는 아마도 2019년에 나오지 않을까 싶다 (이 원고는 《용수 스님의 코끼리》라는 제목으로 2019년 9월에 출간됐다). 그리고 대표되는 말을 뽑고, 각 글에 따라 제목도 뽑았다.

처음부터 스님 원고로 책을 만들면 어떤 스타일로 만들겠다는 생각이 있었기에 크게 혼동스럽지 않았다. 하지만 위와 같은 방식으로 원고를 뽑았는데 생각보다 원고 분량이 상당히 많았다. 애초 이 책 콘셉트는 어렵게만 느끼는 명상을 쉽게, 일상생활에서 가볍게 갖고 다니면서 읽을 수 있도록 하고 싶었다. 그래서 정말 시집처럼 만들고 싶었는데, 그러기에는 원고분량으로 시집처럼 얇고, 세로로 긴 사이즈로는 감당하기 어려웠다.

두 가지 타입으로 책 사이즈를 뽑아봤다. 그 결과 하루는 작은 아이가 예뻐 보이고, 다음 날은 조금 큰 아이가 예뻐 보였다. 그렇게 며칠을 보낸 결과는 이 두 가지 중 하나가 아니라 큰 아이에서 조금 수정한 지금과 같은 사이즈로《용수 스님의 곰》을 만들게 됐다.

마케팅
역시 작가가 움직여야
책이 팔린다

《용수 스님의 곰》은 앞서 이야기한 것처럼 1쇄가 나오기 전부터 2쇄를 찍어야겠다는 말이 나올 정도로 인기가 많았다. 그런 이유 중 하나는 작가인 용수 스님이 매일 아침마다 SNS에 올리는 글이 좋았고, 당연히 그 글을 모은 책이 나왔다고 하니 책이 이제 막 나왔는데 북콘서트로 잡힌 것만 당시 전국을 무대로 8곳에 달했다.

책이 나오고 세첸코리아명상센터에서 조촐하게 회원님을 중심으로 북콘서트를 열었다. 그 자리에서 매일 아침 올려주시는 그 글의 인기를 실감할 수 있었다. 한 분은 참석한 소감에 대해 이야기하면서 매일 아침마다 스님께서 올려주시는 글이 너무 좋아서 하나하나 경전을 사경하듯 노트를 마련해서 써놓으려고 했단다. 놀라웠다. 역시 책은 내용이 좋아야 한다. 책 내용이 좋으면 마케팅을 얼마 하지 않아도 책은 잘 팔리기 마련이다.

여하튼 그 후 얼마 되지 않아 스토리닷 주최로 책이 나오기 전부터 이야기한 대로 용수 스님과 광우 스님의 북콘서트를 열기도 했다. 이날 북콘서트에서는 《용수 스님의 곰》보다 한 주 정도 일찍 나온 《나는 오늘도 수련하러 갑니다》 김재덕 법사님의 오프닝 공연도 이어져서 북콘서트 장소에 매대를 준비해 자연스럽게 《용수 스님의 곰》《공덕을 꽃 피우다》《나는 오늘도 수련하러 갑니다》 3종의 책을 판매하기도 했다.

조금 전에 책 내용이 좋으면 마케팅을 얼마 하지 않아도 책이 팔린다고 했는데, 그간 1인 출판사라는 핑계를 대고 마케팅을 정말 하고 싶었지만, 마음만큼 할 수 없었던 적이 많았다. 우선 비용이 많이 드는 온오프라인 광고는 엄두도 못 내고, 언론사 홍보 대행업체를 통해 책과 함께 보도자료 보내는 일도 들이는 비용에 비해 효과가 나지 않는 것 같아서 한두 번 해보고는 그만두었다. 그래서 마케팅이라고 하는 것을 정리해보면, 일단 보도자료를 꼼꼼하게 잘 쓰고, 관련 언론사나 방송국에 책과 함께 보도자료를 보내고, 페이스북 광고를 하고, 작가와의 만남을 열고, 작가 여력이 되면 이런 작가와의 만남을 여러 곳에서 열고, 인스타그램과 블로그에 거의 매일같이 책 이야기를 알리는 정도다.

이런 게으른 1인 출판사 사정을 꿰뚫어 보셨는지 용수 스님은 기자명까지 알려주시면서 책과 함께 보도자료를 보내달라고 요청하셨다. 사실 불서를 《용수 스님의 곰》까지 세 종을 냈는데, 불교 관련 전문기자 리스트 하나 없었다는 것은 정말이지 비밀로 하고 싶다.

불교 관련 전문기자 리스트 외에도 불교서적 총판(도매상)과도 거래하지 않았다. 메모장에 계속 불교서적 총판인 법우당을 제외한 '조계종출판사, 운주사 연락하기' 메모가 매일

매일 나를 노려보고 있는 것처럼 느껴지던 날, 역시나 용수 스님의 메시지가 당도했다. 그래서 바로 그 다음날 전화해서 두 총판(도매)과 거래를 시작했다.

알고 보니 이 두 총판은 북센에서 책을 갖다가 판매하고 있었다. 그래도 앞날을 위해서 이 총판들과 거래를 하기로 결정했다. 날도 점점 추워지고 있는데, 동분서주 하는 스님께서 감기라도 들지 않을까 걱정이 됐지만, 정말 스님께서 여기저기 움직여주시니 책은 날개 달린 듯 팔려나갔다. 이 책을 쓰고 있는 현재(2018년 10월 23일) 2쇄가 300권대로 남아 있어서 11월 초에 3쇄를 발행할 듯하다. 무려 초판 발행일(2018년 9월 18일)로부터 한 달 조금 넘은 상황에서 말이다.

김재덕 글
김태훈 그림

나는
오늘도
수련하러
갑니다

선무도•수련일지

스토리닷

46

책만들기 어떻게 시작할까

나는 오늘도 수련하러 갑니다

지은이 김재덕 | 그림 김태훈 | 펴낸이 이정하 | 디자인 안미경 | 종이인쇄 예림인쇄 | 제본 예림바인딩 | 물류 문화유통북스 | 발행일 2018년 9월 9일 | 가격 14,000원 | 분야 에세이 > 명상에세이 | 분량 224쪽 | 크기 135*205mm | 종이 내지 백색모조 100g 표지 랑데뷰 화이트 240g 커버 한솔 매직실크 120g 먼지 한솔 매직칼라 그린 120g | 표지 크기 335*205mm | 인쇄 내지 2도 별색 팬톤 7726 표지 1도 커버 1도 별색 팬톤 7726 | 후가공 무광라미네이팅 | 제본 무선제본

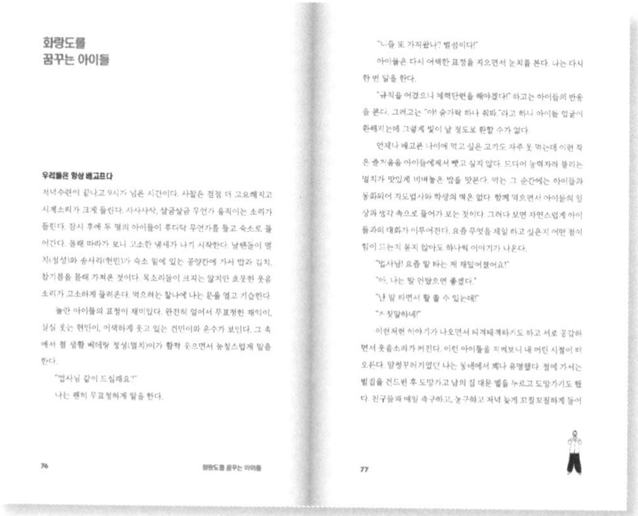

화랑도를
꿈꾸는 아이들

우리들은 항상 배고프다

저녁수련이 끝나고 9시가 넘은 시간이다. 사찰은 점점 더 고요해지고 시계소리가 크게 들린다. 사사사삭, 살금살금 무언가 움직이는 소리가 들린다. 잠시 후에 두 명의 아이들이 후다닥 무언가를 들고 숙소로 들어간다. 몰래 따라가 보니 고소한 냄새가 나기 시작한다. 날쌘돌이 멸치(정성)와 송사리(현민)가 숙소 밑에 있는 공양간에 가서 밥과 김치, 참기름을 몰래 가져온 것이다. 목소리들이 크지는 않지만 호못한 웃음소리가 고소하게 들려온다. 먹으려는 찰나에 나는 문을 열고 기습한다.

놀란 아이들의 표정이 재미있다. 완전히 얼어서 무표정한 재익이, 실실 웃는 현민이, 어색하게 웃고 있는 건민이와 윤수가 보인다. 그 속에서 철 생활 베테랑 정성(멸치)이가 활짝 웃으면서 능청스럽게 말을 한다.

"법사님 같이 드실래요?"

나는 괜히 무표정하게 말을 한다.

76 화랑도를 꿈꾸는 아이들

"너들 또 가져왔나? 벌점이다!"

아이들은 다시 어색한 표정을 지으면서 눈치를 본다. 나는 다시 한 번 말을 한다.

"규칙을 어겼으니 체력단련을 해야겠다!" 하고는 아이들의 반응을 본다. 그러고는 "아! 숟가락 하나 줘봐."라고 하니 아이들 얼굴이 환해지는데 그렇게 빛이 날 정도로 환할 수가 없다.

언제나 배고픈 나이에 먹고 싶은 고기도 자주 못 먹는데 이런 작은 즐거움을 아이들에게서 뺏고 싶지 않다. 드디어 능력자라 불리는 멸치가 맛있게 비벼놓은 밥을 맛본다. 먹는 그 순간에는 아이들과 동화되어 지도법사와 학생의 벽은 없다. 함께 먹으면서 아이들의 일상과 생각 속으로 들어가 보는 것이다. 그러다 보면 자연스럽게 아이들과의 대화가 이루어진다. 요즘 무엇을 제일 하고 싶은지 어떤 점이 힘이 드는지 묻지 않아도 하나씩 이야기가 나온다.

"법사님! 요즘 말 타는 게 재밌어졌어요!"

"아, 나는 말 안 탔으면 좋겠다."

"난 말 타면서 활 쏠 수 있는데!"

"거짓말하네!"

이런저런 이야기가 나오면서 티격태격하기도 하고 서로 공감하면서 웃음소리가 커진다. 이런 아이들을 지켜보니 내 어린 시절이 떠오른다. 말썽꾸러기였던 나는 동네에서 꽤나 유명했다. 절에 가서는 벌집을 건드린 후 도망가고 남의 집 대문 벨을 누르고 도망가기도 했다. 친구들과 매일 축구하고, 농구하고 저녁 늦게 꼬질꼬질하게 들어

77

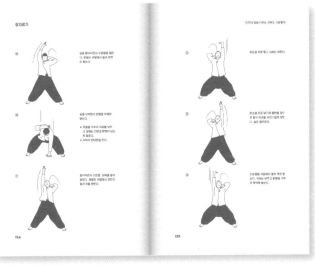

어려울수록
새로움을 찾아라

《나는 오늘도 수련하러 갑니다》는 부제가 선무도 수련일지이다. '수련일지'라는 말은 무슨 말인지 알겠지만, '선무도'는 뭘까 하는 사람도 있을 것이다. 선무도는 요가, 기공, 명상, 무예를 한 번에 할 수 있는 수련법이다.

나 역시 선무도를 십 년 가까이 하고 있어서 선무도가 몸과 마음에 참 좋은 수련법이라는 것을 알고 있기에 출판사를 시작한 지 얼마 지나지 않아서부터 선무도를 알릴 수 있는 책을 만들고 싶었다.

하지만 기회는 그렇게 쉽게 오지 않았다. 출판사를 시작한 지 5년 째, 그러다가 우연히 내가 다니는 도장 법사님을 통해서 충주 깊은산속옹달샘에서 선무도 지도를 하고 있는 김재덕 법사님께서 책을 내고 싶으시다는 이야기를 전해 들었다.

해서 반가운 마음에 바로 연락을 해서 동네 책방에서 책 출간을 위한 첫 만남을 가지기로 했다. 첫 만남을 가지기 전 아직 일반인들은 잘 알지 못하는 선무도를 어떻게 하면 잘 알려줄 수 있을까 생각해봤다. 선무도를 친숙하면서도 자세하게 알려줄 수 있는 책 형태도 살펴보고 그와 비슷한 책들도 미리 준비해서 미팅 준비를 했다.

첫 만남을 가졌던 때를 아직도 기억한다. 4월이었다. 지금 생각해보니 4월부터 미팅을 해서 책이 나온 것은 9월이었으니 거의 반년을 준비해서 나온 책이었구나 싶다. 여하튼 김재덕 법사님은 선무도 시연 때만 뵈었는데 이렇게 책 이야기를 하러 만나리라고는 꿈에도 생각하지 못했다.

조금 떨렸나보다. 게다가 과연 일반인들이 잘 알지 못하는 선무도책을 어떻게 하면 잘 만들어서, 잘 팔 수 있을지 나 스스스로 의문이 들었다. 그도 그럴 것이 선무도는 단행본으로 나온 책이 전무했기 때문이다. 커피를 앞에 두고 커피 한 모금을 마시지 못하고 책과 출판시장에 대해 한 시간 반 정도 법사님께 거의 일방적으로 설명을 드렸던 것 같다. 나중에는 목이 아프기까지 했다. 그 후 언제까지 샘플원고과 목차를 잡아달라고 말씀드렸다. 계약은 그 후에 진행하겠다는 말씀과 함께 말이다.

그런데 이상하게도, 아니 어른들 말로 인연이 되려고 해서 그랬는지 잠시 후 바로 그 장소에서 그림 그리는 김태훈 작가와 약속이 있었다. 그날 김태훈 작가는 결혼 전 얼굴이나 보자고 찾아온 터였다. 그런데 막상 만나고 보니 그자리에서 김재덕 법사님과 이야기했던 그림작가로 김태훈 작가가 제격일 것 같은 생각이 들었다.

또 그러면서 자연스럽게 텀블벅을 해보면 어떨까 하는 생각도 들었다. 텀블벅으로 해보자는 생각이 들자 나머지는 자연스럽게 해결됐다. 디자이너도 김태훈 그림작가와 전부터 잘 아는 안미경 디자이너가 맡아서 하게 됐다. 그렇게 하나하나 세상에 없는 선무도책을 만들 준비를 해나갔다.

기획 · 편집
즐기면서 일하는 법

1인 출판사를 하면 특히 나처럼 어린 아이가 있는 사람들은 시간이 딱 정해져 있다. 언젠가 동네 분이 하루를 어떻게 사는지 물어오신 적이 있다.

"저요? 저는 아침 8시 반까지 아이를 학교에 바려다 주고,

그참에 산보를 하고 집에 돌아와 아침밥을 먹어요. 그런 다음 대략 10시반까지 주문을 받고, 원고를 쓰거나 외근을 나가거나 해요. 그런 다음 아이 올 시간에 맞춰 일을 1차 정리하죠. 그 다음은 살림을 하고요. 저녁밥까지 다 먹은 다음, 끝나지 않은 일이 있으면 더 하기도 해요."

혼자 일을 하니 회사 다닐 때처럼 정해진 시간도, 누가 뭐라고 하는 사람도 없으나 하루라도 게으름을 피우면 단박에 드러나는 게 살림인 것처럼 일도 마찬가지다. 원고 교정을 봐야 할 일이 생기면 저녁 시간에 보기도 하는데 그러면 자정을 넘기기 일쑤다. 그러니 이 일을 계속 하려면 일이 좋아서, 일을 즐길 수 있어야 한다.

《나는 오늘도 수련하러 갑니다》를 만들면서 그런 생각이 들었다. '내가 좋아하는 선무도를 책으로 만들 수 있다니 난 참 행복한 사람이구나' 하는 생각과 함께 오랜만에 김재덕 작가, 김태훈 작가, 안미경 디자이너와 함께 일명 나오수(《나는 오늘도 수련하러 갑니다》 책 이름 약자)팀으로 일을 하니 왠지 모를 활력이 넘쳤다.

텀블벅을 하게 되면 생각보다 기획력이 많이 필요하다. 여러 가지 굿즈(물건)와 책도 좀 더 새롭게 만들어야 사람들

눈에 띄기 때문이다. 요새는 텀블벅으로 책을 내는 일이 점점 많아지고 있다. 텀블벅에 대한 이야기는 부록에서 좀 더 자세하게 다뤄보기로 하고, 《나는 오늘도 수련하러 갑니다》를 텀블벅으로 한 자체가 '신의 한 수'까지는 아니어도 참 잘했다는 생각이 든다. 그렇게 함으로써 텀블벅 사용자층에 맞추다 보니 선무도를 소재로 좀 더 젊고 새로운 책으로 만들 수 있었던 것 같다.

텀블벅을 하지 않았다면 기존 책을 내던 것처럼 책을 냈을 게 분명하다. 그랬다면 선무도를 하는 사람들조차도 책이 나왔는지 알기 어려웠을 테고, 설사 책이 나와도 선뜻 책을 사기 어려웠을 것이다. 텀블벅을 진행함으로써 '그래, 재덕 법사님 책인데 이참에 후원이라도 해야겠다'는 생각이 컸던 것 같다.

실제로 이 책은 텀블벅을 하면서 국내는 물론 해외 선무도인들로부터 해외에서도 펀딩에 참여할 수 있는지, 차후에 영어로 책을 낼 생각이 있느냐 등 문의가 있었다. 해서 앞으로 해외 저작권 수출도 적극적으로 알아볼 생각이다.

'새로움', 말은 좋지만, 1인 출판사처럼 사람은 정해져 있는 상황이라면 일에 치여 이 새로움이란 것을 찾기 어려울

책만들기 어떻게 시작할까

수 있다. 하지만 얼마 전 본 영화 〈보헤미안 랩소디〉에서도 새로움은 상황이 어려울수록 찾아야 하는 것임을 절실히 느꼈다(이 영화를 보고 또 이런 느낌을 받다니 나를 포함해 사람은 참으로 알 수 없다).

책을 만들면서 내가 좋아하는 내용과 그렇지 않은 내용일 경우 일의 진도나 일에 몰입하는 정도가 확연하게 달라진다. 선무도를 좋아하는 사람으로서 책을 만드니 교정을 볼 때도, 역으로 선무도 수련을 하면서도 어떻게 하면 선무도책을 더 잘 만들 수 있을지 생각하곤 했다. 게다가 책을 만들면 제목 짓기가 하늘에 별 따기만큼 어려운 게 사실이다. 하지만《나는 오늘도 수련하러 갑니다》는 아침 산책을 하면서 불쑥 튀어나온 제목인데, 많은 사람들로부터 제목이 무겁지 않아서 참 좋다는 얘기를 들었다. 다 그 일을 좋아하기에 가능했던 일이 아니었을까 생각한다.

1인 출판사는 할 수 있는 일도, 쓸 수 있는 비용도 제한적일 수밖에 없다. 그러기에 가능하면 자신이 좋아하는 주제로, 잘 다룰 수 있는 주제로 책을 만들기 바란다. 그래야 조금 더 잘 만들 수 있다고 본다. 이 책《나는 오늘도 수련하러 갑니다》가 그 예라고 하면 그 예라 할 수 있지 않을까 싶다.

책에 그림을 넣고자 한다면

책표지는 물론 본문에 그림을 넣은 책들이 많아지고 있다. 이런 분위기는 기존 '책' 하면 '어렵다'라는 이미지를 책을 읽는 이들에게 조금 더 부드럽게, 쉽게 다가서기 위함인 듯하다. 또는 책을 만들 때 기존 '이미지' 하면 떠오르는 '사진'이라는 것이 식상하거나 적합하지 않을 때 택하는 것이기도 하다.

《나는 오늘도 수련하러 갑니다》 역시 김재덕 작가를 아는 사람들은 책을 보자마자 "어떻게 표지 그림이 재덕 법사님과 이렇게 똑같을 수 있냐?"라는 말을 제일 많이 했다. 그런 만큼 그림을 어떻게 그릴 것인가부터 그 그림을 어디에 얼마만큼 넣는 것도 그림이 들어간 책을 만들어보지 않으면 참 고민되는 부분이다.

그래서 그림이 들어가는 책일 경우 그림 그리는 사람과 디자이너가 서로 작업을 어떻게 하는지 미리 아는 사람이거나 서로 작업을 통해 호흡을 맞춰 본 경우가 많다. 이 책 역시 김태훈 그림작가 소개로 안미경 디자이너를 소개받았다.

그렇게 해서 몇 번의 만남을 통해 책 콘셉트를 잡고, 그에 맞춰 본문 시안과 텀블벅을 위한 표지시안을 뽑았다.

그런데 이 책은 보통의 단행본 제작 때와 다른 게 있었다. 표지시안 회의를 위해 이 둘을 만나러 갔을 때를 아직도 기억한다. 여름이 막 시작하려고 할 때였다. 보통 단행본 제작 회의 때는 메인 컬러라든지 서브 컬러라든지 이런 설명이 없다. 그런데 안 디자이너가 그런 것까지 세밀하게 준비해온 것에서 일단 안도감 비슷한 게 느껴졌다. 그리고 이어서 표지 느낌은 이런 것으로 이렇게 하려는데 이런 그림이 들어가면 좋을 것 같다는 얘기가 나왔고 그래서 나는 작가인 김재덕 법사님께 표지에 들어갈 그림을 그리기 위해 걸어가는 장면을 영상으로 담아달라고 했다.

그리고 무엇보다도 남자들만 할 것 같은 선무도를 핑크색 커버로 표현한 것에서 다시 한번 새로움을 넘어서 이것은 '도전'이란 생각이 들었다. 더불어 표지 종이도 기존에 단행본에서는 거의 쓰지 않는 매직실크를 쓰기도 했다. 잠시 첫 작가와의 만남 때 참석하신 분이 했던 말이 아직도 생각난다. "아직 책은 읽어보지 못했서 어떨지 모르겠지만, 책 정말 잘 만드신 것 같아요. 아니 완벽해요!" 그 분의 말에 몸 둘 바

몰라서, "아, 제가 디자인한 게 아니고요. 저기 계신 분이 했어요." 하면서 작가와의 만남 자리에 참석한 안 디자이너를 소개하며 박수를 보내기도 했다.

이런 만큼 이 책은 디자인 이슈가 컸다. 물론 디자인 비용만 다른 책에 비해 1.5배 정도 더 들기도 했다. 물론 책만 디자인하는 것이 아니니 그래야 하겠지만, 빠듯한 1인 출판사 주머니 사정상 그런 결정을 내리기란 또 쉽지 않았다. 하지만 다행히 텀블벅 성공으로 제작비 전체는 아니어도 디자인비 그러니까 그림과 편집디자인비는 뽑을 수 있었다.

이 책은 선무도 수련일지라는 부제를 달고 있지만 중간중간 선무도를 모르는 사람들조차 그림만 보고도 따라할 수 있게 만든 여러 동작들이 좋다는 이야기도 많았다. 나 역시 선무도를 그렇게 오래 하면서도 만날 헷갈리는 유연공과 오체유법 순서를 이 책을 만들면서 다 욀 수 있었다.

하지만 짧은 시간 동안 텀블벅을 하면서 책을 만들어야 했기에 오탈자, 글자 크기, 그림작가 소개를 빼먹은 점(이건 2쇄에 추가했다), 너무 독특해서 대중적이지 않은 표지 종이 수급은 다시 한번 생각해야 할 문제로 남았다.

그래도 나오수팀, 참 고생했다. 그림작업을 위해 충주에

책만들기 어떻게 시작할까

서 서울까지 와서 책에 들어갈 선무도 동작을 취해주신 작가 김재덕 법사님도, 그걸 영상으로 찍고 하나하나 그림으로 그린 김태훈 그림작가 그리고 그 그림을 적재적소에 넣어서 한 권의 책으로 만든 안미경 디자이너까지. 이런 면에서 어쩌면 그 책이 잘 될지, 그렇지 않을지는 책을 만들면서 이미 정해진다고 볼 수 있다. 일이 아니라 즐거운 또 하나의 작업, 놀듯이 일을 할 수 있다면 그 책은 이미 잘 나갈 책이다.

마케팅

적극적으로 알릴 판을 짜라

텀블벅은 《네팔은 여전히 아름답다》를 할 때 처음 해봤다. 모든 것이 그런 것일까. 그때는 텀블벅이 무엇인지 제대로 알지도 못한 채 했던 것 같다. 그래서 선물 구성을 텀블벅 사이트에 올릴 때도 잘 올리지 못해서 몇 번이고 텀블벅으로부터 다시 하라는 메일을 받기도 했다. 덕분에 이틀 동안 머리도 못감고(꼭 이런 말을 잊지 않고 쓴다) 눈밑이 퀭한 채로 드디어 오픈을 하던 날, 나는 무슨 대단한 일을 하기라도 한 듯한 느낌이 들었다.

　그래서 다음번에 텀블벅을 하면 분명 제대로 잘할 줄 알았다. 하지만 모든 일이 한 번 했다고 그 다음에 그때의 기대처럼 잘 되란 법은 없다. 시간이 갈수록 기억력은 날로 감퇴되며 체력 또한 마찬가지다. 그나마 이 머리로 '이 선무도 책은 대충 알려서는 팔리지 않을 테니, 아예 대놓고 알려보자. 최소한 작가인 김재덕 법사님을 아는 사람은 다 알도록 말이다'라는 생각을 했다는 게 다행이었다.

　그렇다. 이 책이 그나마 1쇄에 머무르지 않고, 2쇄를 찍을 수 있었던 것은 텀블벅을 해서 선무도를 아는 사람은 물론 해시태그로 걸었던 운동, 스트레스, 명상, 요가, 기공, 무예 등에 관심있는 사람들의 관심을 이끌어 내고자 했고, 그런 노력이 통해서일까 텀블벅을 무사히 성공할 수 있었다.

　참고로 텀블벅을 진행했던 선물을 다시 한번 말해보자면, 책, 수련노트, 포스터, 에코백, 물통, 수련권, 작가와의 수련 및 식사권이었다. 이 중 다시 텀블벅을 하라고 하면 가짓수를 줄여서 수련노트, 포스터는 하지 않는 것이 나을 듯하다. 책을 중심으로 한 텀블벅으로 하되, 선물은 세 가지 이내로 하고 싶다.

여하튼 텀블벅을 해서 1차로 작가인 김재덕 법사님을 아는 사람들에게 알렸다면, 2차로는 김재덕 법사님이 주로 활동했던 곳에서 작가와의 만남을 열었다. 그리고 우연히 3차로 현재 김재덕 법사님이 활동하고 있는 곳인 깊은산속옹달샘에서 작가와의 만남을 열 수 있었다.

이렇듯 요즘 책을 만들면 작가와의 만남을 적극적으로 하곤 하는데, 그 이유가 다 있다. 일단 책이 넘쳐나고, 그에 맞게 정보도 넘쳐난다. 사람들이 책을 읽을 시간은 없고, 그 책을 쓴 작가는 궁금해 한다. 그래서 그나마 작가와의 만남을 한다고 하면 사람들이 모이지 않나 싶다.

더불어 이 책 출간 시기는《용수 스님의 곰》을 내기 한 주 전이다. 분야도 둘 다 에세이 〉명상에세이로 잡고 시작했다. 그래서 불교에 관심있는 분들을 타깃으로《용수 스님의 곰》작가와의 만남을 열 때《공덕을 꽃 피우다》광우 스님과 함께 북토크를 열기도 했다. 이때 오프닝 무대로《나는 오늘도 수련하러 갑니다》김재덕 법사님의 선무도 공연을 선보이기도 했다. 그래서 매대에는《용수 스님의 곰》《나는 오늘도 수련하러 갑니다》《공덕을 꽃 피우다》세 종을 나란히 놓고 판매하기도 했다.

출판사를 차려서 이런 작가와의 만남을 해보면 조금은 알겠지만, 작가와의 만남 때 생각보다 책이 많이 팔리는 것은 아니다. 들어가는 비용과 시간을 계산해보면 그날 판매한 책값과 비슷한 수준이거나 기껏해야 조금 더 팔리는 수준이다. 하지만 이런 것을 다 숫자나 돈으로 계산하기보다는 마케팅의 커다란 범주인 홍보라 생각하면 이런 자리를 마련하면 마련할수록 좋다고 본다.

요즘 오프라인서점에서 책의 수명은 거의 2주라 해도 과언이 아니다. 그런 만큼 책을 만들어서 배본만 하면 기본 판매부수는 가볍게 나가던 시절에서 빨리 벗어나 책을 만들면서 어떤 마케팅을 해서 어떻게 작가와 책과 독자를 만나게할 것인지를 고민하는 시간을 가져보는 게 좋을 듯하다.

책사랑과
삶사랑을
기록한

열두 해
도서관일기

최종규 글, 사진
사름벼리 그림

시골에서
도서관
하는
즐거움

스토리닷

시골에서 도서관하는 즐거움

지은이 **최종규** | 그림 **사름벼리** | 펴낸이 **이정하** | 디자인 **정제소** | 종이인쇄제본 **예림인쇄** | 물류 **문화유통북스** | 발행일 **2018년 7월 31일** | 가격 **16,500원** | 분야 **인문** | 분량 **340쪽** | 크기 **142*214mm** | 종이 **내지 미색 모조 95g 표지 삼화 딤플 스노우화이트 200g 삼화 레자크 #91 아이보리 150g 면지 밍크지 백회색 120g** | 커버 크기 **504*165mm** | 인쇄 **내지 2도 별색 DIC 611s 표지 1도 커버 1도** | 후가공 **표지 무광라미네이팅, 제목 유광 먹박** | 제본 **무선제본**

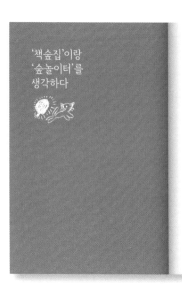

'책숲집'이랑
'숲놀이터'를
생각하다

2017년
12월 29일~1월 1일

2017.12.29 금 아홉째날

《새로 쓰는 비슷한말 꾸러미 사전》을 어젯밤에 펴냈습니다. 어젯밤에 책을 책에도 여러모로 급한 일은 많은데 무엇보다 '꼴 어울리다'로 적은 대목을 모두 바로잡습니다. '어울리다'라는 낱말이 '꼴 맞다'를 뜻하니 '꼴 어울리다'로 하면 겹말이에요. 이 대목을 잡아 밤낮으로 고치느라 못 느낀 채 살다가 고개를 가웃거리며 어딘가 안 맞는 듯하다고 여기면서도 그냥 쓴다가, 그렇지만 자꾸 늘어디보고 생각하다가, 마침내 깨달았습니다. 부끄러운 노릇이면서 즐겁게 배우자고 생각합니다. 앞으로도 대충 배울 생각이나, 또 손쉽게 그冬 찾아낼 수 있을지요. 사진찍기 같은 걸으면서 이웃나래에서 사진을 어떻게 보는 가름 살려면서 늘상 배우는데 어느... 나라 사진이라는 늘 무엇인 손쉽하고 보태다고 하는 데 가게 쓰인 마음을 이더지이 담겠니다. 엄마다 깔 아운 푸른님을 맞이하고, 아이놀은 과꽃게 눈부신 하늘을 온몸으로 이면서 마음껏 놉니다. 우리 집 학교는 우리 보금자리를 우리 책숲집

41

우리 한동안 쓰바라기를 한 뒤에 부엌을 서두느라 부산합니다. 도시
관에는 잠깐 잘까 가져다 놓고 면소재지를 자전거로 다녀옵니다. 한
형광등을 면사부소에 갖다 놓으려고 갔는데, 면사부소 건물에 커다
란 몇개된이 나무랍니다. 물계산 글을 읽으니 2017년 1월 1일부터 고
흥군은 모든 군내버스가 1000원이라고 합니다. 여태 읽서 읍내 버스
역에서 표를 같은 씩에 대체부터 '비로 끊어 놓는' 표는 대체부터 못
쓴나그고 하기에, 메가 넘어가면 예건 왜 버스표를 못 쓴나 하고 가우
뚱했는데, 그 곳이 아니라 고흥에서 이제 어디를 가든 요금이 모두
1000원이라는 뜻이었군요. 도회에서 휴내를 기저 나도나 녹들으로
가자면 5000원쯤 그는데 2000원으로도 갈 수 있겠네요.

86

첫째 두 권을 읽기에까지 보낼 수없다. 기다림은 쉬책을 제대로 하기를 바란다. 서울에서 만나 고흐거나 살아오기는 어려운신데 오르나. 우리 도서관과 만나 고흐으로 2011년에 옮기기 앞서 인천에서 2007년부터 2010년까지 지냈다.

2014.3.2 권정생 님 책을

권정생 님이 남긴 책을 좋아한다. 나는 권정생 님을 1998년에 처음 만났다. 1997년 12월 31일에 오른다. 양구 맹산에서 비무장지대에서 벗어나 고흐으로 돌아온 뒤 《몽이 만나남》는 책을 만난다. 군대에서 벗어나 마음과 몸을 살다가 읽은 《몽이 만다》는 내 마음을 크게 움렸다. 이렇게 놀라운 동화책은 1984년이 아닌 1998년이 되어서야 읽을 수 있었나 하고 돌이켜본다. 내 어린 날 국민학교에서는 왜 권정생이라고 하는 본 작품은 하나도 이야기하지 않았을까 생각나 내 동네에도 권정생이라는 이름을 아는 벗이 없었다. 다섯 학기를 다니고 그만둔 대학교에 들어가서야 비로소 권정생이라는 이름을 아는 벗을 처음으로 만났다. 1998년 1월 8일 아침에 《몽이 만나》를 손에 쥔 뒤 낮에 눈물을 글썽이면 다 읽었다. 그리고 나서 권정생 님이 쓴 책을 하나씩 읽어나가고 오래지 않아 모든 책을 다 찾아서 읽을 수 있었다. 한꺼번에 다녀간 뒤 읽어선 예전 책을 찾아냈다. 했다. 문학이란 무엇일까, 어린이문학과 이른문학이란 무엇일까. 권정생 님이 쓴 글은 어린이문학을 넘은 뒤로는, 어린이문학 테두리로만 바라보아는 안된, 삶을 밝힐 뿐 아니라 사랑을 빛내든 이 글이야말로 노벨문학상을 꾸 반아야 않을까. 맑아 다카와유로 님께 이어 어린이문

학으로 노벨문학상을 받을 만한 분이 권정생 님이라고 느꼈다. 그러나, 이런 대뜨라지 꽤나는 쉬운가까드가 다른 작가는 맑아나 넘며, 어린이부터 할머니까지 두루 읽고 긁을 수 있는 글을 쓴 권정생 님인데, 이런든 그분과 님을 맑아나 많은 이들이 꽤나된 글에

2014.2.26 겨울이 끝나는 쯤

겨울이 끝나는 비가 내린다. 나 됩고 심무권의 책을 옮기려고 서재도 서른으로 건다. 이봐에 새로 나온 내 책 《숲에서 살려낸 우리말》도 두 권을 읽고 긁다. 집에 나온 책을 얼이 책꽂이 한편에 꽂는다. 어느새 내 책으로도, 책뿔이 한 칸이 다 찬다. 이제부터 가야 할 길이 먼 테지 권무릎도 속삭생에도 나선먼 긁을 똑이 데어낳 수 있도록 즐거어 면서 신나게 이 긁을 걸어야겠다고 다짐한다. 붉은 모양에 웃 튼넌는 누런 빛이 아주 눈부시다. 빗물로 비긋으면서 서른 섞수였다. 이럴 긁 제대로 삶될 끝무렵에만 반날 수 있는 곳은 멀어진다. '저는 좋도 아름답다가 같은 말이 있든지 '저는 좋도 아름답다'라든지 '저는 좋도 참 참답다'의 같은 말을 하는 사람이 갑긋하다.

2014.1.9 권정승 님 편하책

우리 도서관으로 바셔을 오는 분들은 으레 '아직까지 긴판조차 안 꿈인 낡은 책고 건물'에 면저 놀라고, 째고 긁든을 그다 책을 꿰 때 다시 놀라며, '사긴책도서관이라 하면서 만화책이 무려 긁다'며 어긋나하개 놀란다. 그런데, 그림책이나 국어사전은 또한 엄청나게 긁은 모습에 는 그이 안 놀란다. 주택 가거 국어사전을 갖춘 모습은 어디에서도 본 적이 긁을 텐데, 이런 모습에는 채 안 눈령에, 아무래도 국어사전

책은 그 사람의 삶이
녹아있어야 한다

책 사기를 누구보다도 좋아하는, 하지만 다 읽지 않는 남편과 어느 날 저녁 책에 대해 이야기를 나눈 적이 있다. 결론은 책이란 그 사람 삶이라는 것이었다. 특히 요즘처럼 정보가 넘쳐나는 시대에는 더욱더 말이다.

최종규 작가님 만큼 그만의 삶을 오롯이 사는 사람이 있을까 싶다. 스토리닷 책을 조금이나마 읽어본 사람들이 있다면 최종규 작가님 책을 줄기차게 내고 있다는 것을 알 수 있을 것이다.

이 책《시골에서 도서관 하는 즐거움》은 스토리닷에서 나오는 최종규 작가님의 세 번째 책이다. 전작을 이야기해보자.《시골에서 살림 짓는 즐거움》《시골에서 책 읽는 즐거움》. 책 제목과 관련된 이야기 하나 해보자면, 책을 내면 가장 먼저 파주에 있는 교보문고 본사에서 가서 해당 분야 구매과 담당자와 미팅을 하게 된다. 이 책을 낼 때까지만 해도 스토리닷은 주로 인문, 여행책들을 내곤 했다.

그러니 주로 만나게 되는 인문 담당자 왈 "이분은 참 즐거우신가 봐요?" '즐거움'이란 단어를 계속 쓰고 있으니 하는 말이었다. 그러더니 전작 《시골에서 살림 짓는 즐거움》 판매량을 살폈다. 이어 그 담당자는 "대표님은 몇 부 정도 생각하세요?" 물어왔다. 나는 생각했던 대로 이야기했다. 그 뒤 그 숫자를 뒷받침할만한 이야기로 최근 도서관 이야기로 〈한겨레〉에 전면 인터뷰도 실렸고, 출판사에서 여는 작가와의 만남 말고도 자주 강연도 다니신다는 말도 빼먹지 않았다.

솔직히 《시골에서 살림 짓는 즐거움》만 초판 2천부를 발간했다. 어떤 이유로 다른 책과 달리 두 배수로 초판부수를 발행하게 됐는지는 사연이 길어서 이 이야기는 다음에 얼굴을 뵙고 이야기해드리는 것으로 하자.

여하튼 2천부를 발행한 《시골에서 살림 짓는 즐거움》이 이 책의 전작인 《시골에서 책 읽는 즐거움》만큼 나가지 않아서 내심 '왜 그럴까?' 하는 생각을 갖고 있었다. 그러던 차에 언젠가 작가님과 책에 대해 이야기 나눌 기회가 있었는데 나는 '아, 살림이라는 제목이 너무 광범위하구나' 하는 결론에 도달했다.

그래서 이번 《시골에서 도서관 하는 즐거움》도 솔직히 말하면 그렇게 기대하지 않았던 책인데, 4개월이 채 안 돼서 2쇄를 발행하게 됐다. 이번에는 표4에 이용훈 한국도서관협회 사무총장님과 정봉남 순천기적의도서관장님의 추천사도 넣어서 말이다.

그러면서 다시 한번 생각해본다. 역시 책은 그 책을 쓴 사람의 삶이 녹아있어야 한다고 말이다. 다시 말해 '책은 그 책을 쓴 사람'이라는 생각을 만들 때부터 해야 한다. 출판사를 차리고 처음 책을 내게 되면 원고도 없고, 괜찮은 저자도 없을 때 급한 마음에 이 정도 작가면 괜찮겠지 하며 책을 내지 말고, 그 작가 그리고 그 작가가 쓴 원고로 내가 얼마만큼 그 작가 책을 만들 수 있을지 곰곰이 생각해보자.

기획 · 편집
책은 꿈을 꾸게 한다

이 책은 스토리닷에서 내는 최종규 작가님의 세 번째 책이었다. 최 작가님과 첫 번째 책을 낼 때가 아직도 기억난다. 최 작가님은 교정교열을 보면서 만약 고칠 곳이 생기면 우선 자신에게 먼저 말해달라고 하셨다. 그러면서 당신은 교정교열을 적어도 여섯 번은 보신다고 하셨다.

첫 번째 책을 낸 다음부터 최 작가님과 잘 맞아서 그런지, 때가(?) 되면 "이런이런 원고는 어떨까요?" 하면서 아주 정중히 메일로 물어오셨다. 최 작가님을 조금 아시는 분들은 알겠지만, 최 작가님의 블로그와 공책이 이미 책이다. 그런 내용 중 책으로 묶을 만한 것을 어떻게 보면 아주 고집스럽게 몇몇 출판사에게만 원고를 주신다.

최 작가님과 책을 내는 출판사 중 우리 스토리닷도 들어가 있다. 주로 산문, 비교적 가벼운 사전 원고를 주시고 있다. 그렇듯 이번 책은 책 제목과 부제에서도 알 수 있듯이 어떻게 보면 최 작가님의 자서전에 가까운 책이라 할 수 있다.

이 책 원고는 특이하게 최근인 2018년부터 도서관을 처음 열 때인 2007년도 순으로 쓰여 있다. 원고를 읽으면서 최 작가님과 가족과 책과 도서관 이야기가 어떤 날은 짧게, 어떤 날은 길게 나온다. 책을 읽으면서 최 작가님이 생각하는 도서관은 어떤 것이고, 책은 어떤 것이고, 삶과 사랑은 무엇인지 알게 된다. 그러면서 도서관을 처음 열었을 때를 읽다 보면 안타까운 마음마저 든다.

원고를 볼 때 《시골에서 도서관 하는 즐거움》이란 제목이 참 낭만적이라 생각했다. 나 역시 최 작가님 첫 책인 《시골에서 책 읽는 즐거움》을 만들 때는 정말 시골 향수병에 걸려서 당장이라도 시골에 가서 살고 싶을 정도였다. 그러다가 또 《시골에서 살림 짓는 즐거움》을 만들 때는 시골에서 살림 짓는 즐거움이 이런 것이구나 약간 어렵게 느껴지기도 했다. 그러다가 《시골에서 도서관 하는 즐거움》을 낼 때는 다시 내가 태어난 시골에서 조용히 책도 만들고, 이렇게 도서관도 하고, 책방도 하면 어떨까 하는 그림 같은 꿈을 꾸기도 했다.

책은 제목이다. 책 제목이 《시골에서 도서관 하는 즐거움》이라니 여기저기서 정말 재미있을 것 같다고 혹은 정말 그러고 싶다고 말해주었다. 그런 면에서 책은 로망이기도 한가보다. 지금 당장 나는 할 수 없지만, 언제가 하고 싶은 것에 대한 대리만족하게 하는 것이 책일지도 모른다.

이 책은 중간중간 최 작가님의 딸 사름벼리가 그린 그림도 들어가고 시골 풍경이 담긴 사진들도 들어가 있다. 먼저 책인 《시골에서 책 읽는 즐거움》과 《시골에서 살림 짓는 즐거움》은 앞, 뒤 컬러로 된 사진들을 넣었는데, 이번에는 중간중간 흑백으로 사진을 넣었다. 그래서 340쪽이라는, 요새 책

치고 호흡이 긴 책인데도 불구하고, 전 책들보다 잘 읽힌다
는 이야기를 듣기도 했다.

사실 최 작가님 글이 그렇게 잘 읽히는 편은 아니다. 나
역시 지금은 많이 익숙해졌지만, 처음 최 작가님 책을 만들
때는 작가 문체에 아주 쉽게 동화되는 나로서는 온통 메일
도, 문자도 최 작가님 문체로 써져서 고민스럽기도 했다. 하
지만 지금은 최 작가님 글쓰기 원칙처럼 글을 쓰고자 노력
하고 있다.

디자인 · 제작
틀에 박힌 생각을 버려야 한다

나와 디자이너는 으레 이 책 디자인을 기존 '~즐거움'을 잇
는 시리즈라 생각하고 작업을 시작했다. 보통 본문 교정을
마칠 쯤 표지 시안을 잡는데, 이번에도《시골에서 살림 짓는
즐거움》에 이어《시골에서 도서관 하는 즐거움》도 최 작가님
딸 사름벼리 그림이 도착했다.

디자인에 관해서는 전부 출판사 몫이라 말씀하셨던 최 작

가님이지만 이 책《시골에서 도서관 하는 즐거움》표지시안을 보고 하시는 말을 들으니 이대로 진행하면 안 될 것 같은 생각이 들었다. 그래서 바로 디자이너와 이야기해서《시골에서 책 읽는 즐거움》《시골에서 살림 짓는 즐거움》을 잇는《시골에서 도서관 하는 즐거움》이지만 좀 더 새롭게 보이는 책으로 가닥을 잡고 다시 표지시안 작업을 했다.

사실 책을 만들다가 이런 부분, 작가와 출판사와 디자이너 간 다른 의견이 생기면 그 생각들을 좁히는 일을 대게 출판사에서 해야 하는데 그 일이 아직도 참 어렵기는 하다. 그 일은 서로 얼굴을 보며 함께 일하지 못하는 1인 출판사 사정상 더 어려울 수도 있다. 하지만 우리 출판사는 그래도 오랫동안 호흡을 맞춰온 디자이너와 작가가 있기에 그나마 이런 부분이 생기면 잘 해결이 되는 듯하다.

그러면 아직 책을 만들어보지 않은 입장에서는 시안이 나오기 전 디자이너 미팅에서 꼭 해야 할 이야기는 무엇일까 궁금할 것이다. 다른 편집자들은 어떻게 하는지 모르겠지만, 나는 책을 만드는 과정에서 원고를 받으면 원고 정리를 하면서 이 책이 어떤 꼴로 나오면 좋을까 상상을 한다. 그러면서 내가 갖고 있는 책들, 지금 서점에 나와있는 책들, 인스타그

책만들기 어떻게 시작할까

램(책 표지나 트렌드를 파악하곤 한다)을 틈틈이 보곤 한다.

그러면서 책 판형이나 종이, 폰트, 이런이런 분위기 책이면 좋겠다는 것들을 이야기한다. 물론 작가님들에게도 본인이 원하는 책꼴 형태를 꼭 물어본다. 어떤 분들은 "그런 것들은 출판사에서 알아서 해주세요." 하는 분들도 있지만, 어떤 분들은 꼭 짚어서 "이런 책 정도면 좋겠어요." 하는 분들도 있기 때문이다.

나는 책 내용을 보여주는 것이 책 디자인이라 생각한다. 책 내용이 소박한 내용이면 책꼴도 되도록 소박한 게 좋다고 생각한다. 그리고 책 내용이 소박한 내용이 아니어도 그때만 반짝하는, 너무 트렌디한 책 디자인은 그리 좋아하지 않는다.

개인적으로 가장 좋아하는 책 디자인은 종이 질감이 충분히 느껴지는 미색종이에 이것은 옵션이겠지만 맑은 햇살이 조금 뿌려진 검정 글씨가 가장 아름답다고 생각한다. 내용과 연관 없는 이미지가 범벅된 책보다 내용만 좋다면 이런 책이 정말 책이란 정의에 가깝다고 생각한다. 표지도 가능한 후가공이 많이 들어가지 않은 책을 좋아한다.

그런 의미에서 이 책《시골에서 도서관 하는 즐거움》은

최종규 작가님 40여 권 책 중 처음으로 띠지가 들어간 책이라는 점에서 또 많은 고민이 들었다. 무엇보다도 최 작가님 하면 필명을 '숲노래'라고 쓰는 것처럼 또 모든 책은 숲에서 온다고 늘상 말씀하는 분이기에 그런 면이 책꼴에서도 드러내야 한다고 생각했기 때문이다.

하지만 기존 띠지 하면 광고로 쓰이는 반면 이 책 띠지는 표지 사진을 띠지로 살짝 가림으로써 또 풋풋한 사름벼리 그림을 넣어 사진과 그림에 대한 궁금증을 좀 더 느껴지도록 했다. 그래서 대부분 띠지에 색을 넣는데, 이 책 띠지는 색도 들어가지 않고 무광코팅으로 처리했다.

책이 나오고서 디자이너가 띠지를 크림색으로 했는데, 아예 흰색으로 할걸 그랬다고 하는 말과 함께 띠지가 유광코팅으로 바꿔서 나온 것 같은데 내가 임의로 바꾼 것인지 물어왔다. 그럴 리가, 띠지가 1쇄 때 유광코팅으로 나온 것은 인쇄소 실수였다. 다행히 얼마 지나지 않아서 2쇄를 찍을 수 있었기에 그때는 띠지를 무광코팅으로 바꿔서 제대로 만들었다.

자신이 할 수 있는 마케팅을
꾸준히

책에 따라 특별히 궁합이 잘 맞는 서점이 있는 듯하다. 이 책은 책 그것도 인문학 책을 좀 읽는 사람들이 많다는 알라딘에서 좋은 반응을 얻었다. 책 제목에 '도서관'이라는 이름이 들어가 있어서 그랬던 것일까? 찾아보니 도서관 이야기를 다룬 책은 이상하리만큼 적었다. 그러고 보면《시골에서 살림 짓는 즐거움》은 책 제목에 '살림'이라는 너무 범위가 큰 이야기를 넣어서 기대와는 다른 반응을 얻었다면, 이 책은 책 제목에 '도서관'이란 이름이 들어가 있어서 큰 덕을 본 셈이다.

앞에서 이야기한 대로 이 책 역시 작가와의 만남을 열었다. 다른 점이라며 이 책이 나올 쯤 〈한겨레〉에 작가님 인터뷰가 전면에 실렸다는 점이다. 그 인터뷰가 그래도 효과가 있었는지 1쇄를 출간하고 거의 석달 만에 2쇄를 인쇄할 수 있었다. 물론 1쇄는 늘 그렇듯 1천부 발행했다.

책이 나오면 다른 출판사는 어떤지 모르겠지만 스토리닷

은 책과 보도자료를 언론사에 보내주는 대행 서비스나 대형 서점 매대를 사거나 온라인 서점에 광고를 하는 일을 거의 하지 않는다. 아니 돈이 많이 들어가는 마케팅은 거의 할 수 없다. 효과 측정도 할 수 없고, 이렇게 저렇게 생각해봐도 그렇게 효과적이지도 않은 마케팅에 대형출판사와 같은 마케팅을 할 수 없기 때문이다.

그럼 책은 하루에도 몇 백권씩 나오는데 이 책을 어떻게 팔았느냐 하면 나 같은 1인 출판사들은(1인 출판사라고 해도 규모가 좀 있는 1인 출판사는 스토리닷처럼 정말 1인이 아니라 대표를 빼고도 두세 사람인 경우가 많다) 자신이 즐겨 하는 마케팅을 꾸준히 하는 게 답인 듯하다. 자신이 블로그나 브런치를 잘 운영한다고 하면 그것을 바탕으로 퍼나를 수 있는 SNS 한두 개 정도 하는 게 그나마 큰 부담감을 갖지 않고 할 수 있는 마케팅 방법 같다.

하긴 요새는 출판사마다 하도 현란한 마케팅 방법 등을 동원해서 SNS를 하는 것을 보면 같은 출판사를 운영하는 입장에서 놀람 반, 부러움 반과 같은 감정이 든다. 그래서 요즘 출판사에서는 예전에는 영업직 사람을 뽑는다면 최근에는 마케팅직 사람을 뽑는다. 허나 나처럼 진짜 1인 출판사를 하다 보면 책만 만들어도 진이 다 빠진다. 뿐만 아니라, 출판사를 차리고 초반까지 나온 책들은 인터넷서점을 다 돌며 MD들을 만났던 것 같다. 하지만 요새는 그마저도 못 하는 경우가 더러 있다.

이런 나의 모습을 보고 '열정이 식었어. 반성해야겠다.' 하면서도 시간이 지나면 '가봤자 책을 사주지도 않고, 5분 미팅밖에 할 수 없는 것이라면 굳이 가지 않아도 되지 않을까?' 하는 생각이 들기도 한다.

이렇듯 마케팅 방법에는 원칙도 왕도도 없는 듯하다. 각자 처해진 바를 깨닫고 자신이 발견한 마케팅 방법대로 실행할 수밖에. 그런데 요새 고민이 하나 생겼다. 기존 리뷰어 모집을 도와주던 친구도, 그나마 반응이 좋은 모 인터넷서점에서 모집하는 작가와의 만남도 각각 이유가 있어서 못하고 있기 때문이다. 이를 두고 다른 작가님은 모르겠지만, 최 작가님은 그런 이유라면 안 해도 되지 않냐고 하신다. 그래도 대부분 작가님들은 출판사가 어느 정도 판매를 도와줘야 한다고 생각하니 앞으로 스토리닷 색깔을 담은 마케팅 방법에 대해 고민해볼 일이다.

66 욕심 부리지 않고
하루를 기록하는 일기를 쓰듯
책쓰기를 하면 정말 행복할 거예요. 99

스토리닷

책쓰기 어떻게 시작할까

지은이 **이정하** | 펴낸이 **이정하** | 디자인 **토가디자인** | 종이인쇄제본 **갑우문화사** | 물류 **문화유통북스** | 발행일 **2018년 4월 15일** | 가격 **13,500원** | 분야 **인문** | 분량 **228쪽** | 크기 **142*214mm** | 종이 내지 미색 모조 80g 표지 랑데뷰 240g 면지 매직칼라 BE16 노른자색 띠지 아트 150g | 띠지 크기 **467*60mm** | 인쇄 내지 2도 별색 팬톤 172 표지 단면 2도 별색 팬톤 172 띠지 단면 4도 | 후가공 표지 무광라미네이팅, 띠지 | 제본 무선제본

주제를 잡자

"저도 책을 쓰고 싶은데 어떤 것부터 해야 할까요?"

"주제를 정해보죠"

"주제는 어떻게 정하죠?"

"내가 가장 자신 있게 얘기할 수 있는 것으로 정해보죠"

"그래요? 제가 가장 자신 있게 얘기할 수 있는 게 뭘까요?"

그 다음 대답을 하기까지는 꽤소 그 분이 어떤 분이라는 것을 알고 있었기에. 짧은 시간이 걸린 수백에 알았다. 이처럼 글을 쓰려는 사람 말고 다른 사람이 주제를 잡으려면 그 사람이 어떤 사람이고, 어떤 삶을 살았는지 많은 시간을 들여서 알아봐야 한다. 그러t에 이야기를 다 듣고 나름대로 생각

해서 이런 주제는 어떠냐고 말을 하면 거의 대부분 사람들은 그 주제는 "너무 흔하다", "그 주제로 책을 자신이 없다" 는 얘길 한다.

그러기에 주제는 오랫동안 자신이 고민해야 한다. 그래서 내 마음이 그 주제로 빠져들다는 생각이 드는 것으로 정해야 한다. 한마디로 그 주제에 내 마음이 움직이고, 설레야 한다. 책을 쓰는 내 마음마저 움직이지 않고, 설레지 않는 얘기를 그 누가 돈을 내고 책을 사본단 말인가?

더불어 그렇게 처음 책을 쓰려는 이들에게 나는 다음과 같은 말도 잊지 않는다. 책을 써서 돈을 벌기에는 요즘은 너무 힘들다. 그러나 쓰는 동안 자신만이라도 즐거워야 한다고 말이다. 그나마 그 일도 세상에서 빠져나온 말은 아니다.

그렇기에 가장 자신 있는 이야기라 어떤 것일까? 그 주제란 언제라도 지치지 않고 말할 수 있는 그런 이야기이지 않을까? 그건 자신이 하는 일, 일상생활 삶 속에서 발견해야 한다. 이런 것이 바로 작가의 눈이다. 그것은 특별하고 깊이는 일상 속에서 살아있는 이야기를 끌어내는 일이다.

번 나타보다 심하다. 이 말은 책을 돈 주고 살 때 내용은 두 번째, 세 번째라는 말이다. 그래서 처음 책을 쓰려는 분들은 작가로서 독자에게 자신을 줘 더 알려야 한다.

"저는 이런 책을 쓰고 있어요. 이 책은 이런 내용이에요. 언제까지 쓰려고 생각중이랍니다." 이런 얘기를 블로그나 SNS에 올려보라는 얘기다. 그러면 예비 독자를 확보할 수 있을 뿐만 아니라 그들의 댓글이나 응원 메시지를 통해 책쓰기의 힘들음도 조금은 달랠 수 있을 것이다.

또 나 아닌 사람들에게 내가 책쓰기를 하고 있다고 말하면 "나도 해쓰고 싶었는데, 잘 됐다나 함께 쓰자"고 연락 올 사람도 있을 것이다. 함께 쓴다고 해서 공저를 쓴단 얘기가 아니다. 책쓰기를 시작하면 괜히 이것도 하고 싶고, 저것도 하고 싶은 흔들리는 나의 의지를 그들과 함께 붙잡아 보란 얘기다.

원고 투고는
이렇게

'원고 투고를 보낼 때 작가소개는 어떻게 써야 할까요?'
'어디서 보낼 때부터 써서 보내면 안 되죠?'
'일폰이요, 요새는 원고 투고 메일을 어떻게 다 마시고
잘 보내주시던데요?'
'어나 보여주실 수 있으세요?'

회사에 들어가기 위해서 이력서를 쓸 때도 이력서보다 자기
소개서 쓰기가 더 어려웠듯이, 원고 투고를 하려 할 때도 작가
가 되려는 자신 소개하기가 더 어렵다. 그래서 그런지 어떤 분
들은 원고 투고 메일에서도 이력서처럼 자신을 소개하는 사

람도 있고, 어떤 이들은 이 모든 것을 다 생략하고 책에 들어
가는 것처럼 법석이며 자기 소개를 보내주는 이들도 있다.

하지만 내 책을 처음 내리고 원고 투고를 할 때 자신 소
개는 조금 더 자세할 필요가 있다. 사실 우리나라만 이런 현
상이 있는거 잘 모르겠지만, 책 내용만으로 책을 낼 지, 안
낼 지 판단할 수 없다. 그렇다고 책 내용이 중지 않아도 된
다는 말은 아니다. 이 말은 책 귀에에 있어서 어떤 작가가
그 책을 썼느냐가 중요한 시대에 살고 있다는 것이다. 단자
까운 현실이지만, 그럼수록 한편으로는 대형 출판사에서 유
명한 작가 확만 내는 것보다 다양한 출판사가 조금 더 다
양한 책들을 펴내는 것이 좋다는 생각이 든다.

그래도 현실은 냉정하다. 처음 책을 쓴다고 열일 제쳐두
고 온몸 터지게 열심히 쓰고 난 다음 원고 투고 메일을 보내
면 그 출판사로부터 계약은 둘째 치고 잘 받았노라고 감사
메일이라도 받을 줄 알았건만, 함흥 무소식도 너무 무소식
이시다.

잠깐 퀴즈 하나 내봐야 한다. 원고 투고 메일을 보내면

● 부록 1

책쓰기 궁금증 열 가지

1 인세 정책 기준은 무엇인가요?

이미 책을 낸 사람도 인세가 어떤 기준으로 지급되는지 모르는 경우가
있다고근요. 그래서 준비했습니다. 인세 공식 (발행부수·홍보부수)×책가
×인세비율. 이것이 초판 1회 인세이고, 2쇄부터는 보통 홍보부수 없이
발행부수×책가×인세비율을 계산하서 인세가 지급됩니다. 여기서 홍
보부수는 책이 나오면 홍보마케팅을 책이 하는데 여기에 쓰이는 부수
를 말합니다. 보통 발행부수의 10퍼센트 정도입니다. 인세비율은 10퍼
센트이나, 작가의 인지도에 따라 가감하게 됩니다. 더불어 인세는 대부
분 판권지에게 편당이나 뒤 책 정보가 나와있는 페이지지 발행일자 기
준 한 달 이내에 지급되는 경우가 대부분이지만, 출판사와 작가 계약에
따라 약간씩 달라질 수 있습니다. 최종 지급되는 인세는 인세에서 원천
세를 제외고 지급됩니다.

2 어떤 기준으로 원고 투고 메일을 살펴보나요?

제일 먼저 원고 투고 메일을 살펴봅니다. 메일 내용에 무리가 없다면, 첨
부파일을 열어서 작가소개와 출간계획서, 샘플 원고를 살펴봅니다. 이
세 가지 중 편집자에 따라 어디에 비중을 많이 두느냐에 따라 보세를 열
어보는 순서가 달라질 수 있습니다. 저는 작가소개를 먼저 보고 출간계
획서 그리고 맨 마지막으로 샘플 원고를 살펴봅니다. 무 항상을 달인 샘
플 원고를 맨 나중에 왜냐다고 실망하신요? 그 이유는 시간을 갖고
찬찬히 잘 살피기 위해서. 그런 것이랍니다. 아무리 작가소개가 별로라
해도 샘플 원고는 꼭 읽어봅니다.

3 원고 투고를 보낸 출판사에서 한 번 만나자는
연락이 왔어요

좋은 소식이네요. 일단 원고 투고 관문을 통과하는 거잖아요. 취직하는
것과 비교해도 그렇지만, 이는 아예서와 자기소개서가 통과된 것과 같
아요. 이제는 좋은 인상으로 면접에 통과할 일만 남은 거에요. 어떻게 출
판사에서 원고 투고된 작가를 보자는 이유는 서면으로는 알 수 없는 것
들을 직접 얼굴을 보고 알아보자는 것입니다. 한마디로 이 작가가
자기네 출판사와 잘 맞을까 알아봐는 자리인 것이지요. 이런 자리난 작
가는 물론 출판사도 조금은 떨리는 자리랍니다. 그래도 편안한 자리니

시리즈의 맛: 시작이 반이다

《책쓰기 어떻게 시작할까》 책 소개에 이런 말이 나온다.

"《책쓰기 어떻게 시작할까》라는 책 제목처럼 책쓰기를 결심하고 이제 막 책쓰기를 시작하는 사람들에게 해주고 싶은 말을 출판사 대표이자 작가로서 출판 현장에서 만난 사람들 대화로 쉽고, 재미있게 설명하고 있다."

맞는 말이다. 지금 쓰고 있는 책 그러니까《책만들기 어떻게 시작할까》가 스토리닷을 만들고 어떻게 책을 만들었는지 책 한 권, 한 권을 자세하게 들여다보며 출판사를 시작하며 책을 냈던 지난 5년간을 정리한 책이라면,《책쓰기 어떻게 시작할까》는 출판사를 시작하면서 책과 관련된 현장에서 만났던 작가, 작가가 되고 싶은 사람들, 독자 등을 만나면서 들었던 책쓰기와 관련된 궁금증을 풀어냈던 책이다.

내 SNS 소개에는 작가인 나를 소개하는 말로 '가끔 책을 쓰고, 그보다 자주 책을 만들고, 매일 살림을 짓습니다'라는 말이 나오는데, 이 소개글을 쓸 당시에 어떤 생각으로 이런 말을 썼는지 모르겠지만 쓰고 보니 이 말만큼이나 나를 잘 설명해주는 말이 없는 것 같다.

여기서 가끔 그러니까 내가 책을 쓰겠다 결심한 첫 책은 《글쓰기 어떻게 시작할까》였다. 이 책은 전작에도 밝힌 바 있지만 스토리닷을 만들고 마땅한 원고가 없어서 그렇다면 '내가 쓰마' 해서 나온 책이다. 그래도 달랑 한 권으로 끝나게 하지 않고, '스토리닷 글쓰기 공작소 시리즈'라는 어마어마한 수식어를 내걸고 시작은 미미했지만, 지금처럼 세 권의 시리즈를 낼 수 있게 주춧돌 역할을 했다.

2년에 한 번씩 내 책을 쓰니 가끔이 맞는지, 아주 가끔이 맞는지 모르겠지만, 책을 만들면서도 아주 가끔이지만 이렇게 어렸을 적 꿈인 작가가 되어 책을 쓸 수 있음에 항상 감사한다. 하지만 아주 가끔 책을 쓰다 보니 몸이 책 쓰는 인간으로 세팅되기까지 부팅이 아주 오래 걸린다. 목차를 잡고 소제목 옆에 비장하게 원고 마감 날짜를 적어놓아도 '다른 책을 진행하고 있잖아'라는 마음의 속삭임에 꿀떡 넘어가기 쉬워서 매일매일 책쓰기가 그렇게 어렵다.

하지만 시작했고, 쓰고 있으니, 언젠가는 다 쓸 날이 오리라. 시리즈를 마감하는 책이라서 그런지 옆 말이 더 많은데, 《책쓰기 어떻게 시작할까》를 쓰면서는 회사 일도, 개인적인 일도 많아서 우여곡절이 참 많았다. 책을 읽어본 분 중에는 앞 부분 읽기보다 뒤로 갈수록 잘 읽히더라고 말씀해주신 분도 있다. 그만큼 쓰면서 책도 만들고, 살림도 꾸려야 해서 길로 치자면 돌도, 흙도 골라야 했던 책이었던 것 같다.

그래도 마음에 계획한 바가 있어서 2018년도 첫 책으로 이 책을 내고 한 해 출발을 잘 했던 기억이 난다. 바쁘다는 핑계로 서울에서 멀리 있는 책방들을 돌아다니지 못했는데, 이 책을 내고 작가와의 만남을 무려(?) 다섯 곳에서 하게 돼서 한 주에 한 곳씩 기차를 타고 작가와의 만남 핑계로 여행 아닌 여행을 다녔던 즐거운 기억이 난다.

그러면서 내가 남 앞에 나서서 말하는 것에 재주가 없다고 생각했는데, 내가 그나마 잘 안다고 생각하는 이야기여서 그런지 작가와의 만남 시간이 늘 부족하기만 해서 '내가 이렇게 말이 많은 사람이었나' 싶을 정도로 스스로에게 더 놀라기도 했다.

글쓰기, 책쓰기, 책만들기. 어떻게 보면 왜 이렇게 재미없는 책만 쓰냐고 말할지 모른다. 하지만 지금은 이런 책을 써야 나중에 말랑말랑한 인생 이야기를 쓸 수 있다고 본다. 벌써 정했다. 이 '스토리닷 글쓰기 공작소 시리즈'를 마감하고는 그간 내 삶을 몇 개의 키워드로 나눠서 이야기하는 산문집을 내보고 싶다.

원고가 없다고 그저 주저앉을 셈인가

이 책 기획은 《책쓰기 어떻게 시작할까》라는 책 제목에서 시작했다. 책쓰기를 어떻게 하면 좋을까? 처음 책을 쓰려는 사람들은 어떻게 책이란 것을 쓸 수 있을까? 그래도 나는 이미 책 한 권을 써보지 않았는가? 내가 책을 어떻게 썼지? 그래 이렇게 썼구나. 이렇게 해서 나온 책이 《책쓰기 어떻게 시작할까》이다. 그러니 이 책 기획은 책 차례에 다 나와 있다 해도 과언이 아니다.

좀 자세히 설명하자면, 책을 어떻게 쓰는가에 대한 나의 대답은 이렇다. 첫 번째, 나를 알아야 한다. 그러기 위해서는 나에 대해 물어보고 답을 얻는 과정을 거쳐야 한다. 그래서 차례에는 '나에게 질문하는 시간'이라고 써놓았다. 두 번째, 그 답을 적으면 된다. 차례에는 '책을 쓰는 아름다운 시간'이라고 적어놓았다. 그런 다음 무엇을 해야 할까? 책을 쓰면 그 것으로 끝일까? 글을, 책을 조금이라도 써본 사람은 알겠지 만, 이제부터가 시작이다. 맞다. 세 번째, 고쳐쓰기. 그래서 책 에는 '고쳐쓰기라는 인내의 시간'이 들어가 있다.

이 책을 쓸 때는 정말 일요일에도 계획했던대로 원고 진 도가 안 나가 있으면 커피숍에 가서라도 원고를 쓰곤 했다. 그만큼 이 책을 쓰던 내내 쉬는 날에도 긴장을 하며 원고를 썼던 기억이 난다. 그러면서도 '이번 책은 얼마나 반응이 있 을까?' 내심 걱정이 되기도 했는데, 지금 다시 차례를 보니 내 책이지만 그래도 참 체계적으로 썼구나 싶다.

첫 책 《글쓰기 어떻게 시작할까》로 매일매일 일기를 쓰 듯 글을 썼던 사람들이라면 이제 그 갈고닦은 글쓰기 실력으 로 내 책을 써보자 했을 때 어떻게 하면 책쓰는 것을 두려워 하지 않고 잘 시작할 수 있을까가 이 《책쓰기 어떻게 시작할 까》에 담겨있다.

이 책을 만들고 인쇄소에 인쇄감리를 보러 갔던 일이 생 각난다. 어느새 흰머리가 나는 나이인지라, 농담 반 진담 반 으로 이번 책 만드는 게 너무 어려웠다는 것을 말하려고 "제 흰머리 좀 보세요!" 했더니 인쇄소 부장님이 "옛말에 집 짓고, 책 쓰면 십 년씩 늙는다잖아요. 그러니 책은 쓰지 마세요."라는 말을 들은 기억이 난다.

하하, 그래도 출판사 대표로서 내가 만든 출판사를 어떻게든 짊어지고 나갈 사람으로서 원고가 없으면 나라도 쓴다는 의지는 얼마나 비장한가. 나는 이 시리즈 첫 책인《글쓰기 어떻게 시작할까》를 조금 쓰고서 출판계 아는 지인을 만나 나눴던 이야기를 아직도 기억하고 있다. 나도 그 당시에는 책쓰는 게 처음이어서 이렇게 쓰면 될까 싶어서 원고를 쓰던 노트북까지 들고 나가서 차례 잡은 것을 보여줬더니만, 잘 보았는지 그렇지 않은지도 모르겠지만 어쨌든 정말 대단하다고 했다. 그래서 뭐가 그렇게 대단하냐고 그랬더니만, 원고가 없으면 자신은 원고가 들어오기를 기다리거나, 원고를 써줄만한 사람을 찾아가거나 하는데 나는 직접 원고를 쓴다면서 말이다.

이《책만들기 어떻게 시작할까》가 나와서 이 책을 보는 사람들은 또 어떤 생각으로 이 책을 읽고 또 어떤 느낌을 갖게 될지는 모르겠지만, 아마도 나와 같은 작은 출판사인 1인 출판사나 독립출판을 하기 위해 이 책을 보리라 생각한다.

그런 면에서 원고가 없다고 그저 주저앉을 셈인가? 그저 그런 원고를 내 품삯을 빼고도 초판 천 부 기준 족히 5백만 원은 넘는 제작비를 들여가며 그 원고를 책으로 만들 이유는 무엇인가를 생각해봐야 한다. 글이 좋다고 책으로 묶는다? 아니다. 팔릴 책이다? 고민해봐야 한다. 다시 말하자면 원고를 받았을 때 한 권의 책으로 묶일 이유가 꼭 있어야 한다. 내가 만들 책은 이력서에 한 줄 더 넣기 위해서 만드는 책이 아니다. 어렸을 적 출판사를 해보고 싶었던 로망 따위는 더더욱 아니다. 요즘처럼 차고 넘치는 정보 속에서 단 한 권의 책으로 묶여서 나올 이유, 그 앞에 당당할 원고를 책으로 만들어야 한다.

디자인 · 제작
편집디자인 회의 준비는 이렇게

이 글을 쓰는 시점에서 스토리닷에서 나온 책은 스무 권에 달한다. '달한다'라는 표현이 어째 과한 듯싶다. 하지만 한 권 한 권 그 어떤 출판사에서 나온 책보다 내게는 소중한 책들이니 이 정도 표현은 써줄만도 하다.

그 스무 권 책 중 손에 꼽을 정도 책만 빼고 거의 모든 책을 한 곳에서 했다. 바로 앞에서도 얘기한 적이 있어서 아시겠지만, 정제소라는 곳이다. 하지만 이 책《책쓰기 어떻게 시작할까》와 다음 책인《시골에서 살림 짓는 즐거움》은 최종규 작가님과 일을 많이 했던 토가디자인이라는 곳과 함께했다.

지금 생각하면, 아니 지금도 살짝 고민이지만 같은 출판사 소속도 아니고 한 출판사 책을 한 편집디자인 회사에서 계속 한다는 것은 어떤 것일까? 모 출판사는 한 디자이너와 100종이 넘는 책을 같이 작업했다던데, 그런데 그 출판사는 책을 한 달에 최소 두 종이나 낸다던데 그렇다면 한 달에 그 디자이너는 그 회사 책 두 종을 만들어 낼 수 있다는 말일까?

여하튼 지금까지 든 생각은 단점보다 장점이 많기에 우리 출판사도 계속 같은 편집회사에서 편집디자인을 하고 있다. 하지만 지금까지도 작가와 디자이너 사이에 있는 게 편집자이기에, 그 편집자 역할을 내가 하고 있기에 말로 다 하기에는 난감할 때가 많다. 그래서 출판 관련 세미나 같은 프로그램 중 '작가와 디자이너 사이에서 편집자 커뮤니케이션'이란 내용이 들어가 있나 보다.

이 책을 만들 때가 그랬던 것 같다. 계속 편집디자인을 해주던 곳과 어떤 작은 문제 혹은 내 책이니까 조금 더 색다르게 만들고 싶다(첫 책 편집디자인에 대해 내용에 비해 디자인이 너무 딱딱하다는 이야기를 많이 들었던 것도 한몫했던 것 같다)는 생각이 강했던 것 같다.

그래서 《시골에서 살림 짓는 즐거움》을 하면서 알게 된 토가디자인에서 이 책을 만들기로 했다. 아직도 편집디자인 회의를 하러 토가디자인 사무실에 찾아갔던 게 기억난다. 봄이었고, 처음 사무실에 가는 길이어서 노란 후리지아를 한 묶음 사다드렸다. 남자 두세 분이 함께 사무실을 사용한다는 그곳에서 노란 후리지아가 그렇게 빛이 날 줄 몰랐다.

편집디자인 이야기가 나와서 하는 말이지만, 자신이 디자인을 하지 않는다면 편집디자인 회의 때 나누는 이야기가 참 중요하다. 나는 원고를 정리하면서 혹은 어떤 원고는 처음 읽으면서 이 책은 이렇게 만들면 좋겠다는 생각을 한다. 아니 생각을 한다는 것보다 그림을 그린다는 표현이 맞겠다. 나름 그런 그림에 어울리는 재료들 그러니까 비슷한 느낌의 기존에 나온 책이 있다면 그것을 구해서 혹은 비슷한 느낌의 책 사진이라도 들고 이야기를 하러 간다.

그래서 이번 원고는 어떤 작가의 어떤 원고라는 것을 최대한 자세하고 쉽게 디자이너에게 설명해준다. 그런 다음 이런 느낌이면 어때요? 하면서 작업할 책을 위해 준비해온 것들을 디자이너에게 보여준다. 그러면서 기본적인 것들 예를 들면 판형, 본문은 1도인지 2도인지, 아니면 올컬러인지 정하고, 일정 정리를 한다. 아참, 계속 그 디자이너와 일을 했다면 전 책을 하면서 어려웠던 점도 이런 자리에서 들어주고 얘기하는 시간도 중요하다.

다시 이 책으로 돌아오자. 이 책을 쓸 때도 그랬지만, 만들 때 처음 생각했던 것처럼 원고 분량이 나오지 않아서 고민됐다. 그렇다고 원고에 반복된 말을 또 하고 싶지 않았다. 그래서 생각한 것이 삽화였다. 물론 고기도 먹어본 사람이 고기를 잘 먹는다고 그간 책을 만들 때 삽화를 넣어본 적이 없어서 나에게는 이 작업이 익숙하지 않았다.

보통 삽화를 책에 넣을 때 삽화를 그리는 사람과 커뮤니케이션 하는 법은 두 가지이다. 디자이너와 삽화가가 이야기하는 경우가 있고, 편집자와 삽화가가 이야기를 나눠서 삽화를 넣는 경우가 있다.

해보지 않은 것을 할 때는 시간과 돈이 더 든다. 이 책도 마찬가지였다. 예상했던 것보다 시간이 더 들었던 점과 책 종이가 보통 때보다 좀 얇은 느낌이 들어서 좀 아쉬웠다. 그러므로 만약 디자이너가 제작사양을 정해준다면 총괄하는 사람이 제작사양도 다시 한번 꼼꼼하게 살펴볼 필요가 있다.

마케팅

책 수명을 늘이는 여러 가지 방법들

요즘 책들은 작가와의 만남을 한 기본으로 다섯 번 정도는 해야 하는 것 같다. 그래야 짧기만한 책 수명을 늘인다. 책이 예전 기본 한 달은 신간 매대에 있었다면 이제는 길어야 2주 정도만 신간 매대에 머문다. 그러니 "이 책은 그래도 좀 나가는 책이에요. 보세요." 하려면 작가와의 만남도 줄기차게 열린다는 것을 보여줘야 한다.

사실 작가와의 만남을 한다고 해서 엄청 크게 하지 않는 이상 대관료, 다과비, 플래카드, 엑스배너, 인터넷서점 홍보물 제작비 등 작가와의 만남을 위해 준비하는 비용이 더 많이 들기도 한다. 그런데도 작가와의 만남을 해야 하는 이유는 홍보에 있다. 요새는 SNS 콘텐츠로 책만한 것이 없는 듯하다. 그러니 어떤 제주도에 있는 책방은 "저희 책들은 여러분들의 SNS 사진을 위한 책들이 아닙니다. 책 사진은 책을 구매한 이후에 찍어주세요."라는 문구를 써놓는다고 하지 않는가?

이렇게 크고 작은 작가와의 만남이 가능해진 이유는 동네책방도 한몫한다. 예전에는 대형출판사 위주로 작가 사인회가 출판계 주 흐름이었다면 이제 어떤 작가는 아예 지방 중소서점을 위해 그곳부터 작가와의 만남과 사인회를 열고 그 행사가 다 끝난 후 서울의 대형서점 중 한 곳만 골라서 사인회를 여는 모습을 보았다. 이제 이런 것도 새로운 출판계 흐름이 되지 않을까 싶다.

하지만 그런 흐름을 따라가기에 1인 출판사나 독립 출판물을 내는 곳은 아직 힘들다. 이 책 《책쓰기 어떻게 시작할까》가 거의 만들어질 때 인스타그램에 올렸던 내용이 아직도 기억난다. 언제쯤이면 책이 나온다고 하면서 이 책이 나오면 여러분들을 만나러 불러주시는 곳이면 어떤 곳이든 가겠다고 한 기억이 난다. 그랬더니 선뜻 의사를 밝히기 어려워서 그랬는지 조용하던 분위기에서 최종규 작가님 도움으로 몇몇 동네 책방에 직접 작가와의 만남을 열 수 있냐고 물었더니 흔쾌히 받아주셔서 무려 다섯 곳에서 작가와의 만남을 열 수 있었다.

이 책처럼 자신 책을 자신 출판사에서 내면 어려운 점도 있다. 다음 책이 기획된 상태라서 내 책에 더 많은 애정을 쏟을 수 없기도 하다. 발간 당시 반응이 좋아 한 달 만에 2쇄를 찍을 수 있을 거라 생각했는데, 이 책을 쓰는 시점에서도 1쇄 몇 권이 남아 있다. 물론 우리 출판사 다른 책들은 초판 당시 그 정도 남아있다면 2쇄를 찍는 책도 있다. 하지만 그러기에는 다음 책을 작업해야 하는 일도 남아있어서 이 책 마케팅에 더 많은 신경을 쓰지 못했다.

여기서 잠시 중쇄(초판 1쇄 다음 찍는 쇄)는 어떻게 결정해야 할까?《중쇄미정》이라는 일본 책과 드라마가 있다. 이 책과 드라마를 참 재미있게 보고 읽었던 기억이 난다. 지금도 고민일 때가 있다. '이 책 중쇄를 찍어야 할까'라는 문제로 말이다. 그럴 때 판매수치를 떠나서 마음으로 팔고 싶은 책이 있다. 그러면 찍어야 하는 게 당연하지만 그런 책일수록 냉정함을 요한다. 그리고 그때(판매가 고르게 되는 것이 아니라 어떤 이슈에 따라서 그때만 반짝 팔리는 경우)만 팔리는 경우와 작가가 꾸준히 책과 관련된 활동을 하지 못하는 경우에는 중쇄 결정을 미뤄야 한다. 중쇄를 찍는다는 것은 다시 말해 목돈을 쓰는 일이기 때문이다.

이 책에 대한 어려움만 얘기한 것 같다. 하지만 이 책으로 2018년 덕계도서관에서 세 달 동안 책을 쓰려는 이들을 위한 글쓰기 수업을 하고, 결과로 그 수업을 들은 사람들의 글을 모아 책으로도 만드는 보람찬 활동을 하기도 했다. 그러면서 글에 대한, 책에 대한 일반인들의 열의를 다시 한번 느낄 수 있었다. 그중에는 할머니 소리를 듣는 분이 이제 막 한글을 깨쳐서 글쓰기 수업을 들으러 오신 분도 계셨다. 그런데도 그 분 글을 읽을 때는 소박함과 간결함 그리고 재미까지 느낄 수 있었다. 글을 왜 써야 하고, 책을 왜 쓰고 싶은지 《책쓰기 어떻게 시작할까》를 통해 나 역시 첫 마음으로 다시 돌아가 배웠던 시간이었다.

이후북스 **황부농** 대표

"독립출판물 경계가 모호해지고 있어요"

먼저 이후북스 소개 부탁드려요.

이후북스는 지금은 책만 팔고 있는 서점입니다. 독립서점이
라고 소개하는데 뭐 독립출판물이 많아서이기도 하고 저와
동업자 상냥이가 하고 싶은 것들을 내키는 대로 하기에 독
립된 점이 있어서 독립서점이에요. 보다시피 신촌 어느 좁은

골목길에 10평이 안 되는 공간에서 운영 중인데 곧 망원동으로 이사를 가요. 여기서는 4년 조금 안 되게 운영을 했네요. 망원동은 지금 보다는 공간이 3배 정도 큰데요. 좀 더 많은 책을 구비해 둘 수도 있고 전시도 할 수 있습니다. 공간이 협소해서 아쉬웠던 점들을 해소할 수 있지 않을까 싶어요.

서점을 하다가 출판사를 연 것으로 알고 있어요. 출판사는 언제, 어떻게 차리게 되셨나요?

책을 팔다 보니까 자연스럽게 이거 나도 출판을 좀 해야겠는데 싶었습니다. 특히나 독립출판물들은 아주 거창한 이야기나 거대 담론을 담고 있는 것보다는 사사로운 개인의 이야기를 담은 책이 많은데요. 이런 얘기들이 다수에게 어필하려는 목적보다는 '내 이야기를 한다', '내가 할 수 있는 만큼의 이야기', '내가 겪은 일' 그 자체에 의미를 두고 만든 책들이라 뭐랄까 출판하는데 문턱이 낮다는 점이 있습니다. 그렇다고 그 과정이 쉽다고 단정 지을 수는 없겠지만, 막연히 '나는 전문 작가가 아니니까 혹은 전문 출판인은 아니니까 책은 낼 수 없어'라고 생각할 필요가 없지요. 그래서 저도 자연스럽게 독립출판물을 접하면서 책을 한 번 만들어 봐야겠다고 생각했습니다. 거기다 동업자는 예전에 출판사 편집자로 있어서 어려움은 없을 거라 생각했지요. 그런데 책방 업무로 바빠서 막상 시도는 못하다가 서귤 작가가 《고양이의 크기》라는 책을 절판한다고 하더라고요. 저는 그 책이 너무 좋았고 계속 팔고 싶어서 그대로 절판되도록 둘 수 없었지요. 그래서 저희가 출판사를 등록해서 출간을 하게 되었어요. 하지만 독립출판물로도 어느 정도 판매가 이루어진 책이라 살 사람은 모두 산 것 아닐까 하는 우려가 없지는 않았어요. 저희가 홍보를 아주 대대적으로 할 수 있는 여건도 아니었고요. 하지만 꾸준히 찾는 분들이 있었고 텀블벅으로 펀딩도 받아서 인쇄비를 마련해 출판할 수 있었어요. 서귤 작가와는 책방에서 인연을 맺어서 출판까지 했는데, 재능과 성실함을 모두 갖춘 것을 옆에서 보며 누구보다 잘 알고 있었어요. 그래서 이후에도 작업을 하게 되었죠. 저희가 출간한 책들, 이내 작가의 《모든 시도는 따뜻할 수밖에》나 강민선 작가의 《상호대차》 등이 있는데요. 서귤 작가처럼 독립출판으로 책방과 인연을 맺은 작가들이죠. 서로가 무엇을 잘하는지 아니까 같이 작업하는 과정들이 순조로웠어요. 그렇게 저는 계속 출판을 하고 있더라고요.

그동안 이후북스에서 책을 내면서 에피소드가 많았을 것 같아요. 처음 출판 그중에서도 독립출판을 하려는 이들에게 한 말씀해주신다면요?

처음 만든 출판물이 생각보다 많은 독자를 만나지 못했다거나 큰 성과를 거두지 못했다고 그만두지 않았으면 좋겠어요. 처음 책은 기대에 못 미치더라도 다음 책은 더 좋은 반응을 얻을 수 있거든요. 저도 책방지기 입장에서 꾸준히 책을 만드시는 분들을 더 응원하게 되고요. 하지만 무엇보다 책을 만드는 과정 자체를 즐겼으면 좋겠어요. 혼자 작업하든 같이 작업하든 그 과정이 재미있으면 계속 이어지게 되더라고요.

서점과 출판을 동시에 한다는 게 누구한테는 로망이지만, 참 힘든 과정일 것 같아요. 이 둘을 모두 하는 입장에서 독립출판물 제작자들을 위한 서점 공략이랄까, 서점 유통과 판매를 잘하는 방법은 뭘까요?

특별히 거창한 방법이나 묘수가 있는 것 같지는 않아요. 독립서점은 책방지기들의 개성이 강하게 묻어있는 공간이니까 자신의 책이 그 서점과 잘 맞다 싶으면 바로 그 서점을 공략하면 됩니다. 서점 입장에서는 짧은 소개글과 이미지로 입고 여부를 판단하니까 최대한 책의 장점과 특징을 잘 소개하는 게 좋을 것 같고요. 처음 입고하시는 분들이 책에 대한 정보도 없이 책 입고 여부를 묻는 분들이 종종 있는데 그런 것은 주의해주셨으면 해요. 책방지기에게 최소한의 책정보를 주고 그 책을 설명해주세요. 서점 측에서도 나름 책의 장점을 발견하면 서점에 오는 독자들 눈에도 책이 더 눈에 띄게 되니까요. 그리고 서점과 거래를 시작했으면 제작자 입장에서는 서점에서 내 책을 얼마나 애정을 가지고 판매하는지 지켜보는 것도 중요한 것 같아요. 그게 꼭 판매량과 연결되지는 않겠지만 정산이 잘 이루어지는지, 연락은 잘 되는지, 이런 요소도 중요해요. 무조건 서점에 책이 유통되는 것보다는 신뢰가 가는 서점에서 책이 판매되는 게 중요하기도 하고요.

독립출판물을 만드는 과정은 어떤가요? 처음 독립출판물을 만드는 이들이 가장 어려워하는 부분은 어떤 것이고, 그에 대해 한 말씀해주신다면요?

최근에는 독립출판물의 경계가 아주 모호해져서요. 자로 잰듯이 이렇게 하면 독립출판물이다, 라고 말하기 어려운데요. 그래서 '독립출판' 한다, '독립출판물'을 만든다, 라는 게 '독립출판'에만 국한할 수는 없을 것 같지만 혼자서 처음 출판을 한다는 가정하에 기술적인 부분을 어려워하는 부분이 있습니다. 예를 들어 편집 프로그램인 '인디자인'을 못 다룬다던가, 인쇄는 어디에서 어떻게 할 것인지 등이요. 하지만 이런 문제는 독립책방에서 하는 책만들기 워크숍을 들으면 돼요. 단시간에 필요한 것들을 알려주니 바로 활용할 수 있을 거예요. 전문적인 학원을 다녀도 되지만 시간과 돈이 많이 들고요. 여러 가지가 어렵다면 협업을 하거나 전문가에게 맡겨도 됩니다. 독립출판이라고 혼자 모든 걸 하는 건 아니니까요. 저는 제가 잘 못하는 것은 잘하는 사람한테 맡기는 편이거든요. 하지만 사람마다 다르니까 혼자서 모든 과정을 해내고 싶으신 분들은 일단은 어설프더라도 할 수 있는 선에서 책을 만들어보라고 말하고 싶어요. 그런 다음에 두세 번째 책은 또 다른 결과물이 나오고 부족했던 부분이 메꾸어질테니까요.

독립출판물은 홍보마케팅도 많이 다를 것 같아요. 한 말씀 부탁드려요.
분명히 다른 점이 있다면 홍보비를 들이지 않는 것이죠. 이

것도 물론 개인마다 다르겠지만요. 책을 대량으로 인쇄해서 대량으로 판매하는 게 기본 전제가 아니니까(누군가는 대량판매를 목적에 두기도 하겠지만요) 홍보에 돈을 들일 필요가 없어요. 소통이 쉬운 SNS를 통해 마음이 맞거나 취향이 맞는 독자를 만나는 이들이 많아요. 자신을 드러내며 활동하는 게 특징인 것 같아요. 그렇게 내편의 독자들을 만나고 이후의 작업도 응원하는 분위기, 조금 우정 같기도 하고 의리 같기도 한 그런 유대감이 생겨요. 그렇게 서로 서로의 작업물을 응원하고 알려주는 분위기를 '독립출판물씬'이라고 하는데 그게 최소한의 홍보라면 홍보라고 할 수 있을 것 같아요.

앞으로 이후북스 계획이 궁금합니다.

앞서 말씀드렸지만 곧 이사를 합니다. 책방 이사라니……. 이 책들을 어떻게 옮기나 벌써 머리가 지끈거리는데요. 지금보다 넓어졌으니 책방이 좁아서 소극적으로 구비했던 책들을 좀 더 적극적으로 들일 수 있을 것 같고요. 워크숍이나 북토크도 더 활발히 할 수 있을 것 같습니다.

2017년

출판에 탄력이 붙기 시작했다

살림 노래,
오래된 나를 깨워 새롭게 걷는다

시골에서
살림 짓는 즐거움

글 사진 최종규 ― 그림 사름벼리

스토리닷

시골에서 살림 짓는 즐거움

지은이 **최종규** | 펴낸이 **이정하** | 디자인 **토가디자인** | 종이인쇄제본 **예림인쇄** | 물류 **문화유통북스** | 발행일 **2017년 12월 28일** | 가격 **16,500원** | 분야 **인문** | 분량 **300쪽** | 크기 **140*214mm** | 종이 **내지** 미색 모조 95g **표지** 랑데뷰 울트라 화이트 240g **면지** 매직칼라 BE75 회색 | 표지 크기 **496.3*214mm** | 인쇄 **내지** 2도 별색 팬톤 3285 **표지** 4도 | 후가공 **표지** 무광 라미네이팅, **제목** 유광 먹박 | 제본 **무선제본**

책만들기 어떻게 시작할까

노래길음 둘

배추흰 날궁이었는데

아침에 펀장국을 끓이려고 부를 깨고 감자를 넣고 당근을 넣고 양파를 넣고 버는데 배춧잎을 다섯 장 얹습니다. 소고기라고 써넣은 봉지에서 뭔가 뒤 듯을 꺼냅니다. 소금은 빠도 안 넣고 분장을 너니 풀어넣습니다. 국이 한참 끓을 즈음 소고기라고 써넣은 날은 뒤, 간짜장 평집을 뜯어서 느긋하게 넣었는데. 잘 끊이 물에 떠 끌려놓은 펀장을 부어서 상상 젓고 나니 끓을 듭니다.

어, 맛 좋네, 누가 이렇게 편장국을 잘 끓여나, 하고 생각합니다. 무가 보글보글 끓는 음에서 속잎을 받글것이 느끼게 즈음 붙을 끕니다. 잘 끓였구나 하고 어기저 국수대를 지우고 다음 돌아봅니다. 어라, 이게 큰은 배춧잎이 그대로 있네요. 아자, 배추날궁국을 끊이려 셀으면서 배춧잎 떠져 넌 날입네요. 아허, 그대도 같이 잘 씻고 맛은 좋으니 이 배춧잎은 다음에 편장국에 넣덮 먹어야겠다고 생각합니다.

보라가 좋아하는 빛깔이야

끝내 신발에 끌려 새 신을 장만합니다. 가벼우면서 발을 보기가 갑바는 신이 있으나 이 신을 끈어이가 몇 안 내린다고 합니다. 끈어이는 빤짝거리는 것을 좋아합니다. 작은아이도, 밝갈이 환하거나 고운 신을 좋아하지만, 가볍고 보드런 발을 간에 주우 없비 빛깔이 환하거나 고운 신을 더욱 좋아합니다. 그런 것이보라다가 이 신을 떼민 뒤에, 너희 누나도 이렇아 가벼우면서 보드런 신을 좋아할 날이 올테지.

묵막묵막 쪽쪽쪽쪽

아침에 밥을 짓고 빨래를 하고, 이웃님이 보내신 아이들 웃가지를 아랫에 펼쳐서 빨아가림 시키고, 낮에 아이들을 이끌고 마을 앞 들녘에 가서 쉰다지 절비로 빨래하는 저우고, 집으로 들어와서 다 마른 웃가지를 걷고, 덤 마른 빨래는 저녁 날에서 하루 그대도 두기도 하고, 아침하고 낮에 말린 받기지를 쓰다가 개고, 학습을 보태야 할 곳에 보내고, 깨나 할 김을 쓰고 아이들한테 글을 받어서 후천이로 쓰고, 끈어이는 노느라 고단한 몸을 펴도주 새까에 놓히고 새로 장아루 스낵 남김은 쓰지은 몸을 붙고 하면서 천저기를 째다 별 마라기를 시키나 집이오 하우리고, 또 이것을 하고 저것을 하니 어느듯 해가 물아가 넘어갑 무렵.

이러구러 하루가 가는구나 하고 그럽니다. 오늘도 틀거 분을 흔

어떤 사람과 일할 것인가

일은 하던 사람과 계속 하는 게 좋을까? 아니면 때에 따라서 바꾸는 게 좋을까? 아마도 출판사를 차려서 외주로 디자인이나 인쇄소를 찾을 때 고민이 될 것이다. 나 역시 이 책《시골에서 살림 짓는 즐거움》을 만들 때 그랬던 것 같다. 이때는 디자이너 문제였는데, 앞에서도 얘기했지만 스토리닷은 거의 한 디자이너와 책을 만들고 있다. 그런데 이 책을 만들 때 디자이너를 바꿔보고 싶다는 생각이 들었다. 그래서 이 책 작가인 최종규 작가님에게 추천을 받아서 최 작가님 책을 많이 만들었던 토가디자인을 만났다.

새로운 사람과 일을 시작하면 처음에는 서로 조심스러울 수밖에 없다. 그런데 그때 너무 상대방 입장 이야기만 들어주다 보면 정작 관계를 오래 가져가기가 어렵다. 이렇게 처음 서로 얼굴을 본 김에 자신은 일을 어떻게 하는 것을 좋아한다는 말을 해야 한다. 대게 1인 출판사와 일하는 디자이너는 회사에 소속된 사람보다 개인사업자를 내고 일하는 경우가 많다. 그러니 한 달에 몇 가지 일을 동시에 하곤 한다. 하지만 이 일, 저 일을 한다는 이유로 내 일에 소홀하다면 그건 안 될 말이다. 자기 혼자 일하지 않는 이상 일정 조율 하는 것도 그 디자이너 역량이다. 아무리 일이 많아도 약속한 시간에 일을 해주는 게 당연하고, 그렇지 못할 경우에는 미리 상대방에 양해를 구해야 한다. 물론 일을 맡기는 출판사도 교정을 볼 때 약속한 일정을 넘길 경우에는 미리 양해를 구해고 일정을 다시 잡아야 한다.

그런데 일을 하다 보면 약속한 일정이 넘어가도 바쁜 줄 알겠지 하나 보다. 그래서 문자나 전화를 해봐도 연락이 닿지 않으면 편집자는 그때부터는 오만 가지 상상을 하게 된다. 그러니 이 글을 디자이너가 보게 되거든, 일정을 맞출 수 없을 때에는 꼭 미리미리 연락을 했으면 한다. 이 방법은 외주사와 일을 하는 사람이든 외주사에 있는 사람이든 공통으로 해당하는 사항이다.

본 이야기로 돌아오자. 이 책을 기존 디자이너에서 다른 디자이너로 바꾸면서 하고 싶은 이야기는 처음에 얼굴을 보며 다 했다. 토가디자인도 워낙 작업을 오래 하신 분이라서 잘 알아듣는 듯했다. 그래서인지 작업은 일정대로 무리 없이 잘 흘러갔다. 중간에 본문 이미지 그러니까 사름벼리 그림을 모두 스캔해서 책에 넣는 작업도 힘드셨을 게다.

이 책《책만들기 어떻게 시작할까》는 스토리닷 최근 책부터 이야기하고 있다. 최 작가님 책 얘기가 나와서 하는 말이지만 최종규 작가님 책을 최근(2019년 8월)까지 해서 스토리닷에서 다섯 권을 냈다. 그러니 이제는 원고를 주시면 척 하고 만들어낼 만도 한데, 또 그건 아닌 것 같다. 물론 다른 책도 마찬가지다.

여하튼 최종규 작가님처럼 책을 마흔 권에 달하는 책을 써보신 분이라 해도 결정은 출판사 대표가 해야 한다. 작가나 디자이너에게 너무 의지하다 보면 잘 됐을 때는 문제가 없지만, 그렇지 않은 경우에는 남 탓을 하게 되니 말이다. 스토리닷에는 아직 그럴 일은 없었지만, 처음 최 작가님 책을 만들 때 어떤 것들을 결정할 때(매번 일은 결정의 연속이다) 나보다 책을 많이 내보신 분이니까 하는 생각이 들 때도 있었다. 하지만 그런 생각을 다시 잡아서 내 결정으로 내리기까지 생각을 참 많이 하게 된다.

내 역할에 손 놓고 있지 않기

최종규 작가님이 글 쓰는 법을 혹시 알고 있는가? 모른다면 《우리말 글쓰기 사전》 앞 부분에 나온다. 삶을 살고 그 삶을 글로 모아서 어느 정도가 되면 둘레 출판사에 살짝 여쭌다고 나온다. 그 부분을 읽으면서 웃음이 났다. 그 둘레 출판사 중 스토리닷도 해당되기 때문이다.

그런 만큼 최종규 작가님 원고를 보면 편집자가 거의 손 댈 곳이 없다. 어쭙잖게 손을 댈 바에야 안 대는 편이 나을 정도다. 하지만 그런 최 작가님 원고도 오자가 발견된다. 그러면 그 오자를 발견했다는 게 신기해서 꼭 작가님께 알려서 고치곤 한다. 물론 이렇게 해도 다른 작가의 원고를 보는 것보다 1/10은 오탈자가 없다. 최 작가님 원고를 읽는다는 것은 편집자로서 오탈자를 찾는 것보다는 '아, 나도 원고를 이렇게 써야겠다'는 공부가 되는 원고 읽기다.

하지만 이렇게 거의 완벽한 원고도 책으로 나오면 가끔 오자가 있기도 하다. 그러기에 우리 독자님은 얼마나 또 훌륭한가 책을 만들 때마다 절실히 느낀다.

아, 기획과 편집에 대한 이야기를 해야 하는데, 최 작가님 책은 기획에 관해서는 거의 할 이야기가 없다. 앞서 이야기한 대로 작가님이 스스로 기획을 해서 책을 써서 이 책은 어떤가요? 하고 물어오시기 때문이다.

기획서 이야기가 나왔으니 잠깐 말하자면, 제대로 된 기획서를 만들기 위해서는 참 공이 많이 들어간다. 그리고 어느 정도 출판사 규모도 있어야 할 수 있다. 기획서란 말 그대로 출판사가 출판 트렌드에 맞춰 어느 작가에게 주제를 주고 쓰게 해서 나온 책을 말한다. 요새 책들은 거의 그렇게 해서 나온 책들이다.

언젠가 우리나라에서 손에 꼽을 만큼 큰 출판사 출간기획서를 본 적이 있는데 아, 이렇게 해서 기획서를 만드는구나 하는 생각이 들었다. 트렌드 분석에서부터 그에 맞는 작가 그리고 삽화 선정, 작업일정, 마케팅까지 정말 꼼꼼하게 작성돼 있었다. 말이 나온 김에 스토리닷도 1인 출판사이지만 내년부터는 출간기획서를 마련해서 머릿속을 한 번 정리해야겠다. 이렇게 하면 책만 만들고 나면 모든 진이 빠져서 아무것도 하고 싶지 않은 마음을 추수릴 수 있을지도 모르겠다.

아, 그러고 보니 1인 출판사이지만 외주사와 일을 하려면 몇 가지 꼭 필요한 문서가 있다. 지금은 문자나 이메일을 보내는 것으로 대신 하고 있지만, 이 책을 읽는 분들은 인쇄 발주서, 재고 현황표 등 이것만큼은 꼭 문서로 만들어 놓고 사용하면 좋을 듯싶다.

더불어 책을 만든 후에도 바로 챙기지 못해 난 매일 왜 이럴까 하는 생각이 들게 했던 데이터 정리도 그때그때 하면 한 번에 몰아서 하지 않아도 될 것이다. 책 한 권을 만들면 데이터 정리할 것들이 꽤 많이 생긴다. 최 작가님처럼 교정 아닌 교정을 6교나 볼 경우에는 더욱더 파일도 파일명도 데이터도 관리를 잘 해야 한다.

주로 나는 책을 시작할 때 폴더를 책이름으로 새롭게 만든다. 처음부터 책 제목이 정해지지 않았으면 작가이름으로 해서 폴더를 만든 후 원고 정리부터 다 본 교정 원고까지 그곳에 다 넣은 뒤(물론 교정을 많이 볼 경우에는 바탕화면에 해당 교정을 볼 파일과 새롭게 볼 파일만 남겨서 본다. 이것은 내 습관이니 다르게 해도 된다) 최종 파일 그러니까 인쇄소에 넘길 인쇄 파일만 바탕화면에 놓고 인쇄소 웹하드에 올려서 파일을 넘기곤 한다.

데이터 정리 얘기하다가 이야기가 길어졌다. 나 같은 편집자 역할을 하면서 1인 출판사를 하는 경우 장소에 구애를 받지 않는다. 그래서 출판사 살림살이도 단출한데, 나중을 위해서 처음부터 쓸만한 것으로 구비하면 좋을 것들이 몇 가지 있다. 그 중 하나가 노트북과 외장하드이다. 그 나머지 그러니까 프린터, 팩시밀리(출판계는 아직도 팩스를 주고받는다) 등은 선택사항이다.

이어서 데이터와 관련된 이야기를 하자면, 책 작업이 끝나면 작업을 담당했던 디자이너에게 보도자료용 이미지와 이벤트(작가와의 만남 등)용 이미지, 책 작업한 인디자인 파일을 함께 받아야 한다.

디자인 · 제작
표지시안, 어떻게 봐야 할까

책을 만드는 순서는 일단 원고가 나오면 그 원고를 보는 것부터 시작한다. 원고를 본다는 것은 우선 원고가 기획한 대로 잘 나왔는지 전체 흐름을 보고, 그런 다음에는 한 장 한 장 읽으면서 교정교열을 보는 것을 말한다.

첫 번째 교정교열을 대게 1교라고 말한다. 1교를 본 후 디자이너에게 보낸다. 아, 요새는 편집디자인을 인디자인이라는 프로그램으로 하기 때문에 pdf파일을 출력해서 교정교열을 보고 pdf파일에 교정사항을 옮겨적어서 디자이너에게 보낸다.

이렇게 보낸 파일을 디자이너가 수정하고 또 편집자에게 보낸다. 그러면 그 수정사항을 잘 수정했는지부터 살펴보고, 다시 한 번 전체를 다 읽어본다. 이게 2교, 두 번째 교정교열을 했다는 말이다. 이렇게 해서 대게 3교까지 보고, 나머지는 수정사항만 본다.

그런데 이렇게 디자이너와 편집자만 보면 시간이 덜 들텐데, 그 1교 안에는 작가가 본 사항도 포함해야 하기에 본문 교정교열 보는 시간이 꽤 걸린다. 게다가 최종규 작가님처럼 기본 6교를 보는 분은 시간이 더 걸리기도 하지만, 워낙 최 작가님 원고는 초고가 깔끔하기 때문에 교정사항이 가장 많이 나오는 1교에도 수정사항이 그렇게 많지 않다.

본문 교정교열이 거의 끝나갈 쯤 표지를 잡는다. 편집자는 표지에 들어갈 내용들을 정리해서 디자이너에게 넘긴다. 그러면 애초 편집회의를 할 때 정했던 책 분위기에 맞춰 표지시안을 잡는다. 대게 여기에 걸리는 시간은 일주일 정도. 보통 시안 3개 정도를 내고 그 3개 시안을 변형한 시안을 보내줄 때도 있다. 하지만 이 시안이라는 것이 디자이너가 일하는 스타일에 따라서 많이 다르다.

그래서 이 책《시골에서 살림 짓는 즐거움》을 할 때는 표지시안이 1개 나왔다. 그런데 또 그 표지시안이 수정할 부분은 있어 보였지만 마음에 들었다. 말이 나온 김에《시골에서 살림 짓는 즐거움》표지에서 수정한 부분은 너무 많은 붓터치였다. 너무 빽빽하게 보여서 몇 개는 빼고 간격을 조정했던 기억이 난다. 책이 나오고 표지에 대해 최종규 작가님 딸인 사름벼리 그림이라고는 전혀 생각하지 못했다는 반응들이었다.

그런데 이 책은 제작 과정 중 인쇄소 사고가 나기도 했다. 그 얘기는 아주 길다. 다음 적당한 지면을 골라서 인쇄소 고르는 법부터 커뮤니케이션하는 법, 인쇄사고에 대처하는 법까지 자세히 이야기 해보도록 하자.

마케팅

작가와의 만남 하는 법

언제가 책과 관련된 강의를 들으러 간 적이 있다. 그 강의에서 가장 오랫동안 기억나는 말은 요새 책은 생명이 아주 짧아서 책이 나온 다음부터 알리려고 하면 이미 늦는다는 말이었다. 그러면 어떻게 해야 할까? 책이 나오는 과정을 독자에게 알리라고 했다. 독자는 그런 과정을 함께한 책을 나중에 직접 자신 눈으로 보길 원한다고 했다.

그러기 위해서 여러 가지 방법이 동원되는데, 가장 많이 시도하는 방법이 블로그부터 시작해서 인스타그램, 페이스북, 유튜브 등 온라인 SNS를 이용하는 것이다. 스토리닷은 이 모든 계정들이 있다. 다만 즐겨 찾는 곳은 인스타그램과 페이스북이다. 왜냐하면 요새는 인스타그램용 책이 있다는 말처럼 인스타그램을 이용하는 많은 독자와 책방이 있기도 하고 인스타그램에 게시물을 올리면 자동으로 페이스북에 올라가는 편리성 때문이기도 하다.

1인 출판사나 독립출판물을 만들고자 하는 사람은 책 만드는 것까지는 어찌어찌 물어서 만들 수 있다. 하지만 자

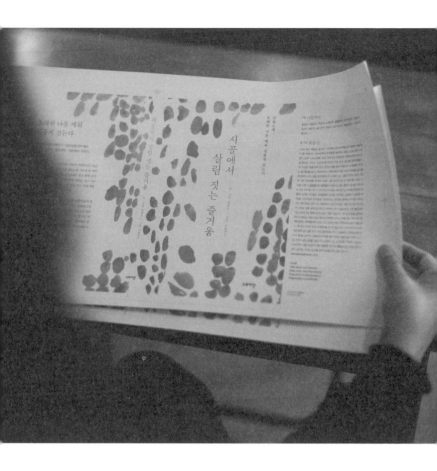

책만들기 어떻게 시작할까

신이 만든 책이나 독립출판물을 '파는' 것은 또 다른 이야기이다. 그러니 일단 이쪽, 출판쪽에 발을 들여놓으려거든 인스타그램 계정 하나는 꼭 갖고 있는 게 좋다. 물론 그 계정으로 어떤 식으로 포스팅을 올릴 것인지 나름 탐색기간을 거쳐 계획을 짜는 것도 필요하리라.

스토리닷은 2019년 올해로 6년째다. 첫 해에는 두 권, 그 다음 해에는 한 권을 냈다. 계절별라도 책을 내게 된 것은 3년 째에 들어서였다. 그러다가 올해부터는 두 달에 한 권꼴로 책을 내고 있다.

그런 스토리닷은 책을 내기 전부터 어떤 책들은 작가와의 계약부터 조금씩 독자에게 그 사실을 알린다. 이렇게 독자와 함께하는 일 중 언제는 표지투표 같은 것도 하고, 리뷰어도 모집했다. 어떤 것은 반응이 좋고 어떤 것은 별다른 반응이 없는 것도 있다.

그 와중에 책이 나오면 계속 했던 마케팅 중 작가와의 만남이 있다. 아마 이 책을 읽는 분들도 책을 만들고 나면 크든 작든 작가와의 만남을 하게 될 텐데, 독자를 모집하는 방법은 많겠지만 인터넷서점에 홍보도 겸해서 작가와의 만남을 하려면 이벤트 페이지, 배너 등 생각보다 준비해야 할 것들이 많다. 그 홍보물 사이즈도 각 서점별로 다 다르다. 자세한 사이즈, 전달 방법 등은 각 인터넷서점 SCM을 통해서 확인할 수도 있고, 책 담당 MD에게 물어볼 수도 있다.

이 책《시골에서 살림 짓는 즐거움》마케팅 이야기하다가 또 다른 이야기를 한 것 같다. 이 책 마케팅은 늘 그렇듯 책이 나오기 전부터 독자들에게 최 작가님 원고를 보고 있고 이번 원고는 어떤 내용이고 언제쯤 책이 나올 것 같다고 이야기를 했다.

그런 다음 본문 시안이나 표지 시안이 나오면 그 사항을 설레는 마음으로 독자에게 전하기도 했으며, 인쇄소에서 인쇄감리를 보면서도 몇 장 사진을 찍어서 현장 분위기를 독자에게 전하기도 했다. 책이 나오면 교보문고 등 서점 구매과 미팅 이야기를 전하기도 하고, 이런 책을 언제언제 작가와의 만남을 한다고 전하기도 했다. 아, 그러고 보니 이 책은 카드뉴스라는 것도 만들어서 인스타그램에 올리기도 했다.

한편 이 책은 인쇄소 실수로 인쇄 사고까지 나서 전량 폐기하고, 다시 2천부를 만들어서 배본이 살짝 늦어지기도 했다. 그러고 보면 배본 일정도 참 중요하다. 책 판매가 주말로 갈수록 많이 되는 것을 감안해서 주말에는 책이 신간매대에 잘 놓일 수 있도록 주 초에 각 서점 구매과 미팅을 하는 것이 좋다.

초판 2천부를 언제 파나 하는 좀 답답한 마음이 있었는데, 다행히 이 책《시골에서 살림 짓는 즐거움》은 2018년 문학나눔에 선정돼서 그 마음을 덜어낼 수 있다.

네팔인에게
배우는
인생 여행법

네팔은 여전히
아름답다

서윤미 지음

스토리닷

네팔은 여전히 아름답다

지은이 **서윤미** | 펴낸이 **이정하** | 디자인 **정제소** | 종이인쇄제본 **예림인쇄** | 물류 **문화유통북스** | 발행일 **2017년 9월 28일** | 책값 **14,000원** | 분야 에세이 > 여행 에세이 | 분량 **266쪽** | 크기 **140*210mm** | 종이 내지 미색 모조 100g 표지 랑데 부 울트라 화이트 240g 면지 밍크지 백회색 120g | 표지 크기 **496.3*210mm** | 인쇄 표지 **4도** 내지 **4도** | 후가공 표지 특수코팅 지안 8, 제목 부분 유광 금박 | 제 본 무선제본

한국에 소개된 두 권 중 한 권은 소설이고 다른 한 권은 시집이다. 네팔 카르만두 근교의 도시 빈민 가정에서 태어나 어렵을 대부서 시를 쓰었다는 두르가 랄 쉬레스타의 시집 〈누군가 말해달라 어떻게 버틸〉은 10년 간의 내전 동안 네팔 국민들이 어떤 삶을 살아왔는지, 무쟁상태와 가나이 일상이 된 곳에서 민중들 삶의 모습을 사로 엮은 이 시구는 노래 가사로 더 인기가 많았다고 한다. 두르가의 시집을 읽고 있으면 낮선 곳에서 항상 네팔을 생각했던 시인의 마음이 고스란히 느껴진다.

봄 걷기
— 두르가 랄 쉬레스타

나무 열매를 따고 있다
울음도 깁깁게 흔들린다
이 모두는 우리를 위해 살아 있는 것
그러나 우리의 손은 비어 있다

빛나는 해도 우리의 것
그러나 우리희의 머리는 즐기만 하네
우리 몸은 사랑스럽지만
마음은 피로으로 가득 차 있네

힘의 나이이지만
우리에게는 돌아온 도시일 뿐
붉은 황톨 따로르는데
가난한 이 도시는
즐기만 하다

한국어로 번역된 있은 두 권이라 후 이 많은 네팔 문학작품들을 접하고 싶다면 영어로 발간된 페이지나 잡지를 읽어보면 좋을 듯하다.

"아니, 나는 지금 우리 가족 생활비의 80%를 내가 책임지고 있어. 어머니가 나를 임신하셨을 때 동네에서 구운 옥수수 장사를 했으며, 옥수수가 갑자기 소쿠리에서 다 빨어졌는데 매가 너무 흘리 추울 수가 없으났다. 평은 호텔 주방 보조 요리사로 일해. 내가 부모님께 최선을 다하는 게 내 당연한 일이라 생각해. 어렵을 땐 8개월 동안 미국 펜실이트 제임회사 콜센터에서 근무했었어였어가 가능한 텔리리. 인도, 네팔에 흩혀진을 두고 났은 인천비로 비용을 줄이는 해외기업들이 많다. 나는 네팔에서 일해시면 미국이라고 거짓말을 했었어. 밤 12시에 출근해서 됐고 너무 지쳤었어. 에베레스트산(사가르마타)은 네팔에 있어. 네팔은 가능성이 있는 나라야. 나는 가르치는 일이 너무 좋아. 나중에 아무도서 하려도 않고 싶어. 배낭 싸는 법, 응급처치, 어때에서 밥먹는 법, 밤보 지는 법 들을 가르쳐 주는 거지. 하지만 휴양과 흥미를 잘 조절해야 해. 모든 것을 다 할 순 없기에 그럼 때에도 항상 긍정적 에너지는 잊지 말아야 한다고 생각해."

라마는 네팔에 대한 자부심과 자신에 대한 꿈이 명확한 친구였다. 또한 프레깅 내내 바른 식당 입술을 자처했고 고산병으로 힘들어하는 사람들마다 약을 주고 따뜻한 물을 챙겨주고 결코 본인의 행로에 세우기도 했다. 그런면서도 9일 내내 실은 표정 없이 주변 사람들에게 따뜻한 마음과 환한 웃음을 보여주었던 친구였다. 코사인부뚜를 바쁘 앞은 밤, 나는 그에게 너무 갈쥐 이야기를 들었다. 드디어 내일 호수에 도착한다.

로 남겨두었다.

누군가 그랬다. 네팔 사람들은 항상 자연 앞에 겸손하다고. 2년 동안 네팔에서의 시간은 나에게 큰 선물이었다. 자연 앞에 겸손하고 서로에게 축복을 아끼지 않으며 긍정적인 시간을 살아가는 사람들. 때론 너무 외로웠고, 때론 너무 힘들었지만 더 큰 기쁨과 감사의 마음으로 치유되었던 시간들이었다.

떠나오는 날. 짐을 챙겨 캠프 식구들과 마지막 인사를 나누기 위해 모였다. 누구에게 이별은 아쉬움. 이별은 언제나 쉽지 않다. 눈물을 흘리며 포옹하고 돌아섰다. 공항까지 배웅 나온 택시 40분 헤어지는 시간은 너무 괴로웠다. 택시 비와는 같이 누볐던 산 속 마을이 한 두 개가 아니다. 체랑촌 마을을 오를 때는 3~4시간 봉고차를 타고 가다 내려 5시간을 걸어 올라갔다. 체랑마을 마을에서 홈스테이를 한 후 다음날 다시 7시간을 걸어 내려왔다. 산을 하나 넘어 다른 주로 넘어갔다가 가뿐댄두로 돌아올 적도 있다. 그렇게 같이 누볐던 시간만큼 마음 속에서 뜨거운 것이 올라왔다. 서로 아무 말도 하지 못한 채 있었다. 택시 비는 갑자기 주머니에서 카다를 하나 내 목에 걸어주고는 한마디 던지고 빨리니 돌아서 가버렸다.

"아샤, 잘가."

네팔은
여전히 아름답다

❀ ❀ 한국에 돌아오자마자 80여년 만에 찾아온 대지진이 네팔을 강타했다. 영상 속에서 무너져 내리는 박타푸르의 사원들을 보며 내 마음도 무너졌다. 그렇게 작별없이 뉴스를 보며 울기만 하다가 민족이 전화를 받았다.

"언니, 우리가 뭐라도 해야 하지 않을까?"

그렇게 네팔에서 활동했던 민족이와 율도, 암펙스와 나 이렇게 셋이 모였다. 항상 긍정적인 웃음을 잃지 않는 네팔 사람들에게 새 웃음을 돌려주자는 뜻으로 'Smile Back NEPAL'이라는 프로젝트 명을 짓고 주변 지인들에게 투털 포스터를 받을요 모금을 하기 시작했다. 원원들은 가장 도움이 필요한 곳은 어디일까를 고민했고, 네팔 사람들과 함께 할 수 있는 프로젝트를 고민했다. 주변 친구 중에 노래와 뮤지컬을 하는 친구는 문화예술인들을 소개시켜 주면서 모금 공연을 하자고 제안해줬다. 그렇게 지진 후 5개월을 달렸다.

투고로 책 만들기

오늘도 책을 내고 싶어서 이력서를 낼 때만큼 떨리는 마음으로 출판사에 투고를 하는 이들이 있을 것이다. 《책쓰기 어떻게 시작할까》에서도 이야기했지만 투고할 때는 사랑하는 연인에게 편지를 쓰듯 써야 한다. 사랑하는 말로 넘쳐 흐르게 쓰라는 말이 아니라 진실한 마음을 담아서 써야 한다는 뜻이다.

《네팔은 여전히 아름답다》는 투고에 의해 출간까지 이어진 책이다. 어느 날, 메일을 보니 투고를 한다는 깔끔한 내용의 메일은 출간기획서와 원고까지 한숨에 읽어보게 했다. 그러면서 머릿속으로 네팔을 그려보게 했다. 당장 작가를 만나보고 싶었다. 그 후로 투고를 좀 더 꼼꼼히 읽어본 다음 투고자에게 연락을 했다.

투고한 사람도 출판사 관계자를 만날 때 무슨 말이 나올까 하고 궁금하겠지만, 출판사 관계자도 투고한 사람이 자신이 머릿속에 그렸던 그런 사람일까 하고 작가만큼 떨리는 순간이다.

지금도 생각난다. 서윤미 작가님을 동네 근처 커피숍에서 만났는데, 그때 읽고 있던 책은 《될 일은 어떻게든 된다》였다. 약속시간보다 한참 먼저 나와서 책을 읽고 있었나 보다. 처음 만났는데도 이야기가 잘 통했다. 그리고 조금 시간이 흐르자, 오랫동안 만났던 사람처럼 자리가 편안해졌다. 지금 생각하면 서 작가님이 읽고 있던 책처럼 《네팔은 여전히 아름답다》란 책을 내는 일은 어쩌면 될 일이었는지도 모르겠다는 생각이 든다.

《네팔은 여전히 아름답다》란 책은 스토리닷에서 처음으로 텀블벅에 도전한 책이다. 지금은 텀블벅으로 책을 내는 게 아주 흔하지만, 그때만 해도 2017년이었다. 물론 그때도 주변에서 텀블벅으로 책을 낸 사람도 있었지만, 지금처럼 (2019년 8월) 흔하지 않던 때였다. 그래서 작가한테도 이 책이 첫 책이고, 출판사도 텀블벅으로 책을 내는 게 처음인데 과연 잘 될까 싶었다.

주변에서는 텀블벅이 아주 피 말리는 일이라며, 시작도 하지 않은 일에 다시 한번 생각해보라고 했다. 하지만, 서 작가님과 이야기하면서 출판사 제안에 긍정적인 모습을 보면서 한 번 해보자는 용기를 얻었던 것 같다. 그 이후로 스토리닷은 지금까지 텀블벅을 통해 모두 세 권의 책을 선보였다.

《네팔은 여전히 아름답다》는 24시간 만에 목표액을 달성하는 놀라운 일이 벌어지기도 했다. 알고 보니 서 작가님의 파워가 대단했다. 특히 사람들과의 끈끈한 유대관계가 놀라웠다. 그래서 텀블벅은 물론 추천사도 방송인과 방송 피디에게 받는 등 《네팔은 여전히 아름답다》를 만드는 동안 작가님을 통해 깜짝깜짝 기쁘게 놀라는 일이 아주 많았다.

이렇듯 1인 출판사나 독립출판물을 만드는 이들은 대형 출판사와 같은 큰 규모의 출판사보다 책을 만드는 일에 있어 어쩌면 텀블벅과 같은 새로운 시도를 더 많이 해야 할지도 모른다. 왜냐하면 1인 출판사나 독립출판물 제작자 태생이 새로운 시도로 생겨난 것처럼 항상 책을 만들면서 이번 책에서 새로운 시도는 과연 무엇인가를 다시 한번 생각해보자.

책만들기 어떻게 시작할까

단순한 여행책이 아닌 책

《네팔은 여전히 아름답다》는 2015년 네팔 지진으로 여행이 주 수입원인 네팔이 한창 어려웠을 때 그래도 네팔을 도울 수 있는 것은 네팔로 여행을 가는 것이라는 서윤미 작가 생각에 '네팔은 여전히 아름답다'라는 프로젝트명으로 네팔을 다녀온 것부터 시작됐다. 이런 생각을 할 수 있었던 것에는 서윤미 작가가 그간 어떤 생활을 해왔는지 살펴보면 이해가 간다.

좀 뒤에 이야기하겠지만 스토리닷을 시작하고 낸 첫 책은 《카메라 들고 느릿느릿》이라는 필름카메라로 찍은 사진 책이었다. 첫 책 성격에 따라 그 출판사 이미지도 결정되는 것일까? 이 책을 내고 "어떤 책을 주로 내느냐? 주로 예술책을 낼 거냐?"라는 등의 질문을 많이 받곤 했다.

그러다 딱히 분야를 정하고 출판사를 시작한 것이 아니어서(솔직히 정할 처지가 안 됐다고 표현하는 게 더 맞을 듯하다) 원고가 없으면 내가 직접 쓰기도 하면서 좋은 원고 찾아 삼만 리를 할 쯤 《서른 여행은 끝났다》라는 책으로 여행책을 처음 만들게 됐다.

그 여행책을 낸 뒤로는 또 "아, 스토리닷은 여행책을 주로 만드나봐요."라는 이야기를 듣기도 했다. 하지만 《서른 여행은 끝났다》라는 책도 《네팔은 여전히 아름답다》란 책도 《당신도 쿠바로 떠났으면 좋겠어요》를 만들면서 나는 나름대로 단순한 여행정보만을 담은 여행책을 만들고 싶지 않았다.

그래서 지금 생각하면 그 단 한 가지 생각이 여행책을 만들 때 큰 흐름을 만들지 않았나 싶다. 만약 내년 정도 스토리닷 시리즈를 만든다면(물론 여행 시리즈를 만든다는 것은 아니다) 이런 생각(스토리닷 색깔을 보여줄 수 있는 시리즈)을 갖고 만들어야 하지 않을까 싶다.

외국 여행책이다 보니 원고에 외래어가 많이 사용됐는데, 어떤 단어는 외래어표기법을 적용한 것도 있고 그렇지 않은 것도 있어서 2쇄를 인쇄하게 되면(이 책은 1쇄에 2천부를 발행했다) 외래어표기법을 좀 더 꼼꼼하게 적용해야 할 것 같다.

또 책을 읽는 동안 몇 번이고 눈물이 났다는 말도 많이 들었던 반면 내용이 네팔에 대해 잘 알지 못하는 사람이라면 처음 이 책을 읽었을 때는 조금 어렵다는 얘기도 들었다. 그러기에 이런 부분은 처음 이 책을 접하는 사람이 되어서 원

고를 정리해야겠다는 생각이 들었다.

원고를 정리할 때면 늘 중학교 2학년 학생이 이 글을 읽어도 다 이해가 갈 수 있도록 글을 쓰고 책을 만들라던 기억이 난다. 내가 아는 내용이라고 해서 이 정도는 다 알겠지 하면서 원고를 정리하는 것보다 네팔을 처음 접하는 이라도 이 책을 잘 읽어나갈 수 있는 그런 장치가 있어야겠다는 생각을 이 책을 만들면서 또 배웠다.

디자인 · 제작

스토리닷 첫 번째 텀블벅책

텀블벅을 하게 되면 "앞으로 만들려고 하는 책은 이렇게 이렇게 만들 거예요." 하고 후원할 분들에게 미리 알려야 한다. 그래서 보통은 본문을 다 마치고 표지를 만들지만, 이 책은 본문 교정을 다 마치지 않고 본문시안을 내고 며칠 후 표지시안을 만들어 텀블벅 사이트에 올렸던 기억이 난다.

표지시안 얘기가 나왔으니 말인데, 표지시안 중 네팔 하면 떠오르는 히말라야 배경으로 네팔 국기를 활용한 마음에 꼭 드는 시안이 있었다. 그래서 그 시안으로 하려고 마음을 거의 정했는데, 하늘색을 파랑색으로 할지, 빨강색으로 할지가 고민됐다. 처음에는 파랑색이 눈에 들어왔지만, 작가님이 네팔 사람들은 빨강색을 행운의 색으로 알고 있다고 해서 고민했던 기억이 난다. 그래도 이 책을 주로 읽을 사람이 한국 사람이어서 최종 결론은 파랑색으로 했다.

인쇄소에서 가서야 결정했던 지안이라는 후가공도 기억난다. 후가공 얘기가 나왔으니 말인데, 단행본 제작을 하면서 보통 쓰는 후가공은 손에 꼽을 정도다. 특히 스토리닷과 스토리닷 책을 만들고 있는 정제소는 책을 맛에 비유한다면 담백한 맛을 좋아해서 표지가 누구말로는 밋밋할 정도다.

그래서 그 밋밋함을 최대한 없애려고 표지 흰바탕에 지안이라는 아주 자세히 들여다 봐야 알 수 있는 그물 같은 것을 넣었다. 이 아주 자세히 들여다 봐야 알 수 있는 그물 넣는 것을 인쇄소에 가서 결정한 이유는 비용 때문이었다. 내가 비용 문제로 너무 고민하는 티가 났는지 디자이너가 자기 작업비에서 후가공비를 빼라고 할 정도였다. 그러면서 지안을 안 하면 흰바탕이 너무 커서 너무 휑하다는 이야기를 곁들였다. 나야 그 지안을 안 해봤으니 알 수 없어서 '그래, 디자이너가 이렇게까지 이야기하는데 하자' 하면서도 표지가 어떻게 나올지 상상이 안 됐다.

앞서 이야기했던 대로 단행본 제작을 할 때 후가공이라고 하면 제목 박(박 또는 형압이라고도 불리는 이 기법은 원하는 모양이나 글자에 열과 압력을 가하여 인쇄한다), UV코팅(무광 코팅 위에 UV(ultraviolet)코팅을 하여 반짝이는 효과를 주는 공정), 엠보싱 (인쇄물에 송진가루 용액을 덧씌운 다음 열처리를 하는 돌출인쇄) 등이다. 여기에 요새는 박도 먹박이 아니라 은박, 금박도 하기도 하지만 그런 후가공은 책 성격과 맞을 때 아주 가끔만 쓰는 게 좋다고 본다.

책을 만들다 보면 제작비가 자꾸만 올라간다. 마치 집을 보러 다닐 때 처음 비싼 집을 보면 분에 맞지도 않은데 다른 집을 봐도 처음에 본 비싼 집만 떠오르 듯이. 하지만 몇 번 책을 만들다 보니 이제는 알겠다. 아니 더 정확히 말하자면 이 제작이야 말로 돈을 버려봐야 알게 되는 분야 중 하나다. 이에 관한 얘기는 뒤 부분에 좀 더 이야기해보도록 하겠다.

그러니 책도 한마디로 말해 스타일링이다. 대체로 원고가 풋풋한 맛이 나는 책은 책모양도 풋풋한 게 좋다. 또 원고 분야에 따라 예를 들면 시나 경제경영서 등 그에 맞는 디자인이라는 게 있다.

그러니 디자인에 '디'자도 모르는 편집자여도 책을 만드는 일을 할 때 총괄을 해야 한다면 전체 그림을 그리는 연습을 좀 해야 한다. 이런 게 센스일까? 어디선가 센스가 있는 사람이 사업을 잘한다는 이야기를 들어본 적 있다. 센스가 있는 사람이라? 설명하긴 어렵지만, 가만히 생각해보면 센스는 마음이 아닐까? 마음을 다해 뭔가를 보고, 듣고, 느끼고, 생각하면 어쩌면 고민하는 것에 대한 답을 찾을 수 있지 않을까 싶다. 마치 어떤 것에 대해 고민하고 있으면 그것과 관련된 것만 주위에서 자꾸 보이고(어떤 분은 이런 현상을 내가 보는 게 아니라 누군가(?) 보여주는 것이라 말하던데) 들리지 않던가?

물론 대형출판사에서 나와서 1인 출판사를 차리는 분들은 이 책을 읽지 않을 가능성이 클 것이므로 제외한다면 마케팅을 제하고 제작 관련된 이야기가 출판사를 하면서 가장 어려운 부분이지 않을까 싶다. 이쪽은 관련 책을 읽어도 도통 알아들을 수 없는 이야기로 가득하다. 그래도 제작과 관련된 책은 몇 권 갖고 있거나 추천을 받아서 읽어보면 좋다. 나 역시 출판사 초창기 때 읽었던《열린책들 편집 매뉴얼》

《책 잘 만드는 책》은 지금도 갖고 있다. 그 바탕으로 현장에서 부딪혀 보면 확실히 알게 되는 것들이 있다.

마케팅
모든 시도는 아름다울 수밖에

책을 만드는 일을 하면 서점을 가든, 책을 읽든 예전 같지가 않다. 이 말은 예전에는 서점에 가면 왠지 마음이 편해지고 한마디로 힐링이 되는 공간이었다면, 지금은 흰머리 나도록 열심히 만들었는데도 대형서점만 가면 그 존재감을 찾기가 어려워서 서점 가는 일이 예전만큼 즐겁지 않다. 또 책을 사도 정작 꼭 읽고 싶어서 사는 책도 물론 있지만, 편집디자인이나 제작사양을 보기 위해 사는 경우도 있다. 책을 사서는 꼭 판권을 본다. 책이 나온지 얼마 안 됐는데, 몇 십쇄 이러면 참 힘이 쭉 풀린다.

하긴 비교할 것을 비교해야지 출판을 한 지도, 그 책을 만들기 위해 애쓴 사람수도 비교도 안되는데 그럴 때마다 그저 마음을 내려놓는다. 이렇게 한 권 한 권 만들다 보면 나도 언젠가 그런 책을 만들 수 있을 것이란 생각으로 말이다.

그러면서 마케팅이란 어디에서부터일까 생각해본다. 앞에서도 이야기했듯이 책이 나온 다음부터를 마케팅이라 생각하면 이미 늦단다. 그러면 책을 기획할 때부터? 보내온 원고라면 괜찮은 원고라 생각할 때부터? 여하튼 그 시작점이야 생각하는 사람 그리고 책을 만드는 곳에 따라 다르겠지만 예전처럼 책이 나온 다음부터 그래 이제부터 책 좀 팔아볼까 하면 이제는(신간 배본 반품이 계속 빨라지는 요즘) 좀 늦은 감이 있긴 하다.

이 책 《네팔은 여전히 아름답다》를 낼 당시로 돌아가보자. 이 책을 낼 때 서 작가님은 네팔에 계셨다. 그러면서도 한국에 있는 작가 못지 않게 피드백이 빨랐고, 텀블벅도 상상 이상으로 반응이 좋았다. 그런데도 책이 나올 때 작가가 한국에 없자 책이 나온 다음 할 수 있는 여러 활동에 제한이 있었다. 그중 하나가 작가와의 만남이었다. 아직도 페이스북 라이브로 작가와의 만남을 하기 위해 그 전날 리허설을 했던 기억이 난다. 지금 생각하니 페이스북 라이브로 작가와의 만남을 한 출판사는 우리 스토리닷이 유일한 듯싶다. 해보니 한국에 있어도 거리가 떨어져 있는 작가들은 이런 시도도 괜찮은 듯하다.

예전과 달리 출판시장에서 작가 활동은 그 어느 때보다도 중요하다.《책쓰기 어떻게 시작할까》에서도 말한 바 있지만, 예전 작가들은 마케팅 활동에 거의 참여하지 않았다. 참여해도 가장 좋은 마케팅 활동이라면 가장 좋은 원고라고 말할 수 있을 정도로 원고 쓰는 일에 집중했다.

하지만 지금 작가들은 어떤가? 그림도 그리고, 방송도 하고, 팟캐스트도 하고, 티브이 프로그램에도 나온다. 마치 작가가 엔터테이너 같다. 이런 엔터테이너 같은 작가. 아직 스토리닷은 꿈 같은 이야기이지만, 책을 만드는 입장에서 그런 판(공간과 기회)을 오로지 작가 역량에만 맡겨두는 것보다 출판사도 함께 고민하고, 어떤 면에서는 출판사에서 먼저 이런 기회를 작가에게 제안해봐야 한다고 본다.

그러고 보니 이 책은 첫 시도가 참 많았다. 텀블벅도 그렇고 외국에 있는 작가와의 만남을 위해 페이스북 라이브도 그렇고, 관계가 있는 몇몇 동네책방에 손그림을 그려서 책 옆에 두도록 부탁드리기도 했다.

〈스토리닷통신〉이란 것도 해보았다. 장차 스토리닷 부사장을 노리는 우리집 딸이 연필심 꾹꾹 눌러가며 그림과 간단

한 글로 스토리닷 소식을 전하는 〈스토리닷통신〉, 이제는 자기 말로 공부하기 바쁘다는 핑계로 중단했는데, 이참에 따님께 정중히 말씀드려서 지속해봐야겠다.

공덕을
꽃 피우다

광우 스님 지음

불교를 통해
어떻게 행복을 얻을 것인가

스토리닷

책만들기 어떻게 시작할까

공덕을 꽃 피우다

지은이 **광우 스님** | 펴낸이 **이정하** | 디자인 **정제소** | 종이인쇄제본 **예림인쇄** | 물류 **문화유통북스** | 발행일 **2017년 6월 3일** | 가격 **14,000원** | 분야 **종교** | 분량 **268쪽** | 크기 **143*210mm** | 종이 내지 미색 모조 100g 표지 삼화 딤플 카키 200g 커버 삼화 레쟈크 #91 아이보리 150g 면지 밍크지 회갈색 120g | 표지 크기 **506*210mm** | 커버 크기 **506*170mm** | 인쇄 내지 2도 별색 DIC387s 표지 1도 은별색 커버 4도 | 후가공 커버 무광라미네이팅 | 제본 무선제본

복과 지혜를
함께 닦아라

느낀 점

노력은 하늘이 알아준다

앞서 광우 스님과의 인연에 대해 말한 적이 있다. 광우 스님께 불교 강의를 들으면 들을수록 스님 책을 내면 참 좋겠다는 생각이 들었다. 그러면서 과연 스님께서 이제 막 시작한 우리 출판사 손을 잡아주실지 의문스러웠다. 때는 바야흐로 스토리닷을 만들고 책을 한 권인가, 두 권쯤 만들었던 때였다. 목돈이 나가고 푼돈이 들어오는 이 일을 과연 계속할 수 있을까 하는 생각이 들었다.

그때 친구를 만나서 평소처럼 점심을 함께하고 커피를 마시면서 고민을 털어놓았다. "나 다시 회사 다닐까? 돈이 너무 안 돼." 그랬더니 그 친구 하는 말 "너는 왜 그 일을 이렇게 쉽게 포기하려고 해?" 머리에 뭔가 한 대 맞는 느낌이었다. 그간 그 친구에게 이런 말을 한번도 들어본 적이 없었다. 이런 말도, 이런 태도(내가 늘 그 친구에게 뭔가 이런 말을 하곤 했지, 이 친구가 나에게 이런 말을 한 적은 없었다)에도 적응이 안 됐다.

그날 이후 내가 출판사를 차린 이유를 다시 한번 생각해보았다. 솔직히 출판사를 차린 이유는 거창하지 않았다. 긴 직장생활 후 그리고 늦은 결혼 후 살림도 아이 키우는 것도 놓치지 않고 자연스럽게 내가 할 수 있는 일이 가장 큰 이유였다. 물론 어렸을 때부터 누구나 한번쯤 그랬듯 내 작은 출판사를 꿈꾸기도 해서 출판사 이름을 머릿속에 쓰고 지우고를 반복했다.

그 친구를 만나고 나서 나를 조금 더 객관적으로 보기 시작했던 것 같다. 아니, 그래 처음 회사에 들어가서도 3년은 지나야 일이 보이는데 3년만 해보자 싶었다. 그 즈음 출판사를 계속할 수 없는 이유 말고 출판을 포함해서 스토리닷이란 회사에서 하고 싶은 것들을 A4에 써서 책상 앞에 붙였다.

지금도 그 A4 종이가 눈에 선하다. 거기에는 출판, 책쓰기, 강의 하기, 책방이라고 썼다. 누구 말대로 쓰면 이뤄진다는 말이 어느 정도 맞나 보다. 지금 생각해보면 이 중 3개를 다 이룬 셈이다.

그때는 할 수 없는 것은 생각하지 않았다. 할 수 있는 것, 어떻게 하면 할 수 있을지 생각했다. 그래서 광우 스님께 스님 책을 내고 싶다는 말도 꺼낼 수 있었던 것 같다. 스님들 생활을 잘 모르는 일반인들은 스님 하면 엄청 시간이 많을 줄 안다. 느긋하게 차나 마시고 참선만 하는 줄 안다. 물론 이런 스님들도 계시다. 하지만 그렇지 않은 스님들이 더 많다. 그 당시 광우 스님도 마찬가지였다. 절에서 교무(가르치는 업무)를 맡고 계셔서 책을 쓰겠다는 생각을 하지 못할 때였다.

지금 생각하면 출판사를 차린 지 얼마 되지도 않아서 광우 스님 책을 낼 수 있었던 것은 바로 마음, 이 광우 스님 책을 내고 싶다는 마음 하나 때문이 아니었을까 싶다. 그 마음으로 스님께 이런이런 책을 내면 좋을 것 같다고 말씀드리고, 샘플 원고를 만들고, 그걸 보여드리고 계약서를 쓰고 드디어 책 작업을 시작했다.

광우 스님 책을 내면서 이 책이 물꼬를 잘 틔워줘서 그런지 그 이후로 스님들께 종종 전화가 온다. 그러면서 불교를 더 가까이하면서 알게 된 사실인데, 이 순수한 마음이 중요하다. 만약 그때 내가 스님 책을 내서 돈을 벌어야지 혹은 스님께서도 내가 책을 내서 이름을 더 알려야지 했으면 안 될 일이었다. 그저 불교를 조금 더 많은 이들에게 알린다는 마음으로 시작했기에 가능한 일이었다고 생각한다.

출판사를 시작하면서는 온갖 부정적인 생각들이 다 올라온다. 물론 첫 책을 내고도 대박을 터뜨리는 분들도 있지만,

그런 경우는 1퍼센트도 되지 않을 것이다. 내 경험상 2년까지가 고비인 것 같다. 어느 분이 말씀하신 것처럼 출판은 자전거 페달을 밟는 것이라 했다. 페달을 밟아서 자전거가 앞으로 나가듯 책을 한 권 내는 그 힘으로 출판사가 쓰러지지 않고 앞으로 나가는 것이리라.

기획 · 편집
불교방송 인기를 책으로 옮겨오자

《공덕을 꽃 피우다》는 불교방송 btn 광우 스님의 소나무(소중한 나, 무한 행복)를 책으로 엮은 것이다. 광우 스님 강의를 처음 들어보고 나 역시도 어쩜 불교를 이렇게 재미있고 머릿속에 쏙쏙 잘 들어오게 설명을 잘 하실까 감탄했다. 그래서 설거지를 하면서도 광우 스님 강의를 몇 번이고 다시 듣기했던 기억이 난다.

　광우 스님 강의를 들으면서 언젠가 스님 책을 내면 좋겠다는 생각을 했다고 했는데, 그런 마음이 간절해서 그랬던 것일까 기회는 머지않아 찾아왔다. 앞에서도 썼지만, 간절하면 뭐라고 하게 되어 있다. 아직도 기억이 난다. 일요일이었던 것 같다. 점심까지는 가족과 함께하느라 샘플원고를 만들지 못했던 나는 근처 커피숍에 가서 샘플원고를 한참 만들고 있었다. 그때 나 역시 책을 위한 샘플원고를 처음 만드는 셈이었다.

스님이다 보니 아무래도 출판에 대해 많은 것을 알려드리고 나서 책을 내보면 어떻겠냐고 말씀드리는 게 더 좋을 것 같아서 샘플원고를 만들기로 마음 먹었다. 그렇게 해서 만들기 시작한 샘플원고. 휴일, 북적북적하던 커피숍에서 샘플원고를 만든다고 나름 애쓰다가 고개를 들어 보니 그 많던 사람들은 어디로 가고 커피숍에는 나 혼자 덩그러니 놓여져 있었다.

일을 하다 보면 내가 하는 일이라고 이 정도는 다른 사람도 다 알겠지, 책을 그래도 몇 번 써보셨으니 인세 계산 정도는 아시겠지? 교정교열 보시는 법은 알겠지 하면 오산이다. 물론 어느 정도는 아시는 분들도 계시겠지만, 출판사별로 일하는 법이 다르므로 함께 책을 만드는 사람들에게는 단계별로 일을 적절하게 설명해주는 편이 좋다.

책이 나오고 광우 스님께서도 출간 기념 작가와의 만남에서도 하신 말이지만, 이 책은 방송 중 많은 인기를 얻었거나 스님이 보시기에 이 방송 이야기는 꼭 넣으면 하는 내용 위주로 책 분량에 맞춰 다시 정리를 했다.

방송을 다시 원고화하는 작업이 필요했는데, 꽤 많은 분량이어서 스님이 다 하시지 못하고 스님 포함 세 명이 나눠서 원고 작업을 했다. 그러니 같은 방송을 보고 적더라도 분위기가 조금씩 달라질 수밖에 없었다. 초교가 나오고 수정 작업을 한다고 했는데, 첫 번째 교정지를 보니 앞으로 수정할 게 많겠다는 생각이 절로 들었다.

안 그래도 스님께서도 같은 생각이었는지, 어떤 부분은 다시 풀어서 써야겠다는 말씀을 주시기도 했다. 나도 불교에 대해 기본적인 단어는 안다고 생각했는데, 책 작업은 또 달랐다. 1교지를 받고 전체적인 수정작업에 다시 들어갔다. 수정이 많은 부분은 다시 원고를 만들어 디자이너에게 넘겼다. 그렇게 해서 2교, 3교를 보았고 3교가 지나자 스님께서 이제 좀 볼만하다고 하셨다. 그래서 나머지 교정 작업은 스토리닷에서만 했다. 그래도 거의 모든 책이 그런 것처럼 책이 나오자 고칠 게 또 보였다.

믿기 어려운 이야기이지만, 책이 나오면 정작 편집자들은 그 책을 다시 읽어보고 싶지 않다. 왜냐하면 책을 만들면서 기획부터 책으로 나오기까지 숱하게 원고를 보았기 때문이다. 그러다가 중쇄를 할 때 다시 처음부터 꼼꼼히 정말 독자 입장으로 책을 읽어서 다시 한번 오탈자를 잡는다. 간혹 엄청 큰 출판사에서 나온 베스트셀러라고 해서 읽었는데, 오탈자가 있다는 것은 담당 편집자가 이런 때에 다시 책을 못 읽어보거나 읽어보지 못할 정도로 시급하게 책을 인쇄한 경우다.

그러기에 초판 책이 나오면 작가님들한테도 증정부수 책을 보내서 책을 꼼꼼하게 읽어달라고 부탁한다. 그래서 중쇄를 할 때 고칠 게 없냐고 물어본 후 편집자, 작가, 독자(때에 따라서)가 수정할 부분을 반영해서 중쇄를 하면 된다. 중쇄 이야기가 나와서 하는 말인데, 요새는 똑같은 내용의 책들도 표지만 바꿔서 리커버 에디션으로 책을 내기도 한다.

책에 따라서 그리고 초판부수를 얼마만큼 찍느냐에 따라 다르겠지만 요새 스토리닷은 예전보다 중쇄 일정이 빨리 돌아오고 있다. 그만큼 초판, 책이 나올 때 어느 때보다도 힘을 내서 그 책을 확 밀어줘야 한다.

디자인 · 제작

분야가 달라지면
또 다른 경험이 요구된다

처음은 모두 어렵다. 책을 처음 만들어 보는 것도 아닌데, 불교 관련된 책은 처음 만들어보니 어려웠다.《공덕을 꽃 피우다》제목을 뽑기까지 디자인 콘셉트를 잡기도 어려웠다. 그래서 제목이 나올 때까지는 본문을 자리에 앉히고 수정 작업만 했던 것 같다. 그래도 중간중간 이런이런 느낌으로 가자고 여백을 만들어 두어서 이후 작업이 수월했다.

디자인 작업을 할 때 다른 편집자와 디자이너는 어떻게 하는지 모르겠지만, 편집 회의 때 충분한 이야기를 나누지 못했거나 진행을 하면서 방향이 바뀔 수도 있으니 편집디자인 작업을 할 때 가능한 많은 이야기를 나누어야 한다.

이제 나는 디자이너와 종종 일 외적인 일도 문자로 이야기하기도 한다. 그럴 때 디자이너와 참 가까워졌구나 하는 생각이 들기도 한다. 문자로 이야기할 때는 그럴 때이다. 원고를 넘기고 디자이너가 콘셉트를 잡기 어려워하거나 편집자가 이 책을 이렇게 만들고 싶다는 아이디어가 많을 때이다. 그럴 때는 편집자가 생각하고 있는 책에 대해 일단 다 이야기하는 게 좋다고 본다. 그 아이디어를 적절히 어떻게 사용할지는 디자이너의 몫인 듯하다.

이 책을 두고도 책을 읽으면 광우 스님 목소리가 들리는 듯하다는 이야기를 들었지만, 그보다 많이 들은 이야기는 책 참 예쁘다는 소리를 가장 많이 들었다. 스님께서도 책을 보여주면 제일 먼저 책이 참 예쁘다는 말을 가장 먼저 들으셨다고 한다. 실제로 이 이후로 전화로 다른 스님들이 전화를 하셔서《공덕을 꽃 피우다》처럼 책을 만들려면 어떻게 해야 하냐는 질문을 제법 받기도 했다.

디자인 콘셉트는 제목에 꽃이라는 단어가 들어가서 표지도 내지에도 꽃과 식물을 적절히 활용했다. 게다가 중간중간 여백의 미를 살리면서 이야기마다 쉬어갈 수 있도록 본문 중 좋은 글귀를 따로 뽑아서 배치하기도 했다.

이제 다시 봐도 판형과 종이도 참 잘 사용한 것 같다. 그런 판형과 종이를 사용하기까지는 불교 관련 책 제작사양을 비교분석한 것이 도움이 됐다. 이렇듯 처음 책을 만들려고 하는 사람이라면 그 분야에 좋은 책들을 많이 보고 좋은 것은 차용할 줄도 알아야 한다. 같은 분야로 썼지만, 이제 생각 하니 같은 분야가 아니어도 좋겠다. 하지만 적어도 같은 분야 책이 요새 어떻게 나오는지 정도는 알고 책을 만들면 좋다는 얘기다.

한마디로 트렌드를 파악하는 것인데, 트렌드를 알고 따라가지 않는 것과 트렌드를 알지 못하고 따라가지 않는 것은 큰 차이가 있다. 디자인 뿐만 아니라 제작 사양이나 제목 등도 그때그때에 맞는 트렌드가 있기 마련이다. 트렌드를 무시하는 것보다 적절히 자신이 만들고자 하는 책에 사용하는 것도 좋은 결과를 만든다고 생각한다.

책 맨 뒤에 실었던 '금강경 사구게' 사경지도 잘 넣었다는 소리를 들었다. 다음에 불교책을 만들어서 이런 사경지를 넣는 부분이 있다면 좀 더 쉽게 자를 수 있게 만들고 싶다. 물론 그때도 이런 후가공을 몰라서 못 넣었던 것은 아니다.

마케팅
가족 이야기라도 들어보자

불교책을 처음 냈으니 마케팅을 어떻게 하는 줄도 몰랐다. 그저 그간 하던 식으로 작가와의 만남을 하면 되는 줄 알았다. 그래도 스님책인데 보통 작가와의 만남처럼 하면 안될 것 같아서 머리를 모았다. 그래봤자, 식구들이었다.

우리집은 주로 이야깃거리가 있을 때 작은방 침대에 모인다. 앉거나 누워서 두런두런 이야기를 하다 보면 신기하게도 이야기가 술술 풀리곤 한다. 예전 회사를 다닐 때와 비교한다면 이럴 때가 1인 출판사처럼 혼자 일을 하는 이들의 어려움일 것이다. 어떤 결정거리가 있거나 의견이 필요한 경우나 자신 말고는 물어볼 사람이 없다는 것. 그래서 가까운 출판사 선후배를 찾아보려 하지만, 나 같은 경우는 잡지를 하다가 출판사를 딱 1년 다녀보고 내 출판사를 차렸기 때문에 편하게 이야기할 출판사 선후배라고 할 만한 사람이 없다.

그래서 고민거리가 있을 때마다 다행히 가족들(그나마 책을 다 좋아하는 사람들이어서 다행이다)에게 이런저런 이야기를 늘어놓는다. 이때도 그랬던 것 같다. 남편과 아이 모두 광우 스님을 알고 있어서 작가와의 만남을 어떻게 할까 편하게 이야기를 꺼냈다. 이야기를 하다 보니 일반 장소보다 좀 의미 있는 장소였으면 하는 이야기가 나왔다. 의미있는 장소? 그당시 광우 스님은 화계사로 옮기신 지 얼마 안 된 상태였다. 그래서 스님이니까 절에서 출간 기념 작가와의 만남을 하면 좋았겠지만, 아무래도 조심스런 상태여서 절에서 작가와의 만남을 하기는 어려웠다. 해서 우리 가족 모두는 선무도장에서 하자는 의견이 나왔다. 선무도도 불교 수행법이고, 스님 책을 읽는 이들도 불자인 분들이 많으니 서로서로 좋겠다는 생각이 들었다.

이렇게 작가와의 만남 하나 하는 것도 기획부터 장소 섭외까지 할 일이 천지다. 이후 스님과 법사님 모두 장소와 일정에 대해 좋다는 의견을 주셔서 본격적으로 작가와의 만남 준비에 들어갔다.

다행히 작가와의 만남은 성공적이었다. 스님 첫 책이어서 주로 그간 스님께 불교 강의를 들었던 분들이 주로 오셨다. 오신 분들은 지인들에게 나눠주고 싶다고 스님 사인을 받아서 수십 권씩 사가는 분들도 계셨다.

그 자리에서 내게 스님 책을 낸 소감을 말해보라고 했던 게 기억난다. 스님께서 옆에 계신데, 왜 꼭 출판사 대표로서 한마디를 하라고 하는지 사회자 마음을 알다가도 모르겠다. 어렵사리 나간 자리에서 그냥 이런 말이 나왔다.

"다들 바쁘신데 이렇게 자리해주셔서 감사합니다. 책을 낼 때마다 주위 분들에게 빚을 지는 느낌이에요. 그래도 오랜만에 스님 얼굴 뵙고 좋은 말씀 듣는다 생각하시고요. 고맙습니다."

이 말은 형식적인 인사말이 아니었다. 그때 느껴지던 마음 그대로 말한 것이었다. 오신 분들 대부분 예전에 광우 스님 강의를 함께 듣던 분이었기 때문이다. 물론 나를 보러 온 분들, 다같이 서울에 있지만 무슨 일이 아니고서는 모일 기회가 도통 없던 우리 가족들도 자리를 함께했다.

그래도 처음 불교책을 내서 이 책 앞에서 소개했던《용수 스님의 곰》처럼 언론 홍보도 작가와의 만남도 많이 하지 못했던 것 같다. 그래도 조계사청년회 초청으로 조계사에서 초청 법회도 열었다. 이 책《공덕을 꽃 피우다》는 무엇보다 방송을 책으로 옮긴 책으로써 한동안 방송이 끝날 때마다 자막으로 책 증정을 해드린다는 멘트가 나가서 그게 가장 큰 홍보마케팅이 되지 않았을까 싶다.

토가디자인 **김선태** 대표

"편집디자인은 '음식을 담는 그릇'을 만드는 것과 같아요"

간단하게 본인과 토가디자인 소개 부탁드려요.

시각디자인을 전공했고, 대학교 3학년 때 여러 디자인 분야 중에서 편집디자인에 재미와 흥미를 갖게 되어 졸업 후 자연 스럽게 편집디자인 분야의 직장을 다녔어요. 졸업 후 안그라픽스, 제일기획, 패션잡지 〈마담휘가로〉에서 경력을 쌓았고, 1997년 지금의 토가디자인을 설립했죠. 토가디자인은 편집 디자인 관련 업무를 중심으로 다양한 인쇄 매체디자인 및 공공디자인, 북디자인 등을 하는 디자인 전문회사예요.

이 책은 1인 출판사나 독립출판물을 만들고 싶은 사람들이 볼 책이에요. 만약 그런 사람들이 디자이너가 아닌 편집자나 마케터일 경우 디자이너와의 커뮤니케이션 방법이 궁금해요.

출판물에 있어서 디자인은 '음식을 담는 그릇'을 만드는 것과 같다고 봅니다. 책은 저자, 기획자, 출판사 대표, 교정교열자 등이 내용을 만들면 디자이너는 그 내용에 맞는 형식을 책임진다고 생각해요. 판형, 종이, 제본형식, 본문 서체, 제목, 표지디자인 등 책 내용에 맞게 책의 형태를 정하고, 독자에게 책의 기획 의도가 맞게 잘 전달될 수 있도록 하는 것이 가장 기본적인 역할이라고 생각해요. 따라서 편집자나 마케터가 디자이너에게 의뢰한 책이 어떤 기획과 콘셉트인지, 그리고 독자 대상이 누구인지를 잘 설명해 주는 것이 중요하죠. 디자인 평가도 이런 측면에서 이루어질 때 서로간의 커뮤니케이션이 잘 이루어질 수 있다고 봐요. 이를 바탕으로 트렌

드나 시각적 감각에 대해 논의할 때 이상적인 결과가 나온다
고 생각해요.

**커뮤니케이션할 때 꼭 알아야 할 디자인 용어나 상식이 있다면 자
세히 알려주세요.**

편집자나 마케터의 경우 디자인 과정을 어느 정도 알고 있
느냐, 그렇지 않느냐에 따라 커뮤니케이션을 하는 데 큰 차
이가 있어요. 디자인 과정은 절대 어려운 일이 아닙니다. 편
집자나 마케터 분들도 조금만 관심을 가지면 쉽게 알 수 있
을 뿐만 아니라, 직접 디자인을 할 수도 있어요. 그리고 디
자이너와 함께 일을 하면서 무조건 맡기기보다는 많은 질문
과 의견을 주고받으면서 디자인에 대한 지식과 상식이 얻어
져요. 수동적인 관계가 아닌 적극적인 관계가 중요해요. 디
자이너는 책을 만드는 여러 요소 중 한 부분을 책임지는 동
반자니까요.

책을 만들 때 제작사양은 어떤 과정을 거쳐서 어떻게 결정하나요?

책의 제작사양은 여러 가지 상황인 예산, 편집기획, 대상 독
자, 제작시간, 수량 등을 검토해 결정하게 되죠. 텍스트 중심

의 책인지, 사진 및 이미지 중심의 책인지에 따라 종이와 인쇄 도수를 결정하고 독자 대상과 편집의도에 따라 판형과 제본형식 등을 결정해요. 그래서 책의 제작사양은 보통 디자인 작업이 들어가기 전인 기획단계에서 정하는 게 좋다고 보고요.

그간 책 작업 중 이 책을 볼 사람들에게 이야기해주고 싶은 에피소드가 있다면 어떤 것일까요?

디자인이 잘 됐다고 평가받는 책은 디자이너만의 역할이 절대 아니에요. 편집자와 마케터 그리고 디자이너의 합작이라고 생각해요. 편집자나 마케터와 커뮤니케이션하면서 디자인적 아이디어나 콘셉트를 얻는 경우가 많아요. 그리고 서로 간의 신뢰가 좋은 결과를 만들어내죠. 디자인은 겸손해야 해요. 책이 만들어지고 그 책이 독자를 만났을 때, 독자가 그 책을 통해 디자인을 본다면 그건 잘못된 디자인이라 생각해요. 글이 잘 읽히고 내용이 재밌게 잘 전달돼야 하죠. 디자인은 나서면 안 되고 겸손하게 숨어있어야 한다고 봐요.

대표님께서는 오랫동안 책을 만들어오셨잖아요. 디자인을 시작했

을 때와 지금 책에 대한 정의랄까 책을 바라보는 시선이 달라졌을 것 같은데요. 이에 대해 한 말씀 부탁드려요.

편집디자이너로 30년 동안 여러 디자인 분야에서 일을 해왔어요. 그중에서 '북디자인' 분야는 아직도 많이 부족하고 배울 점도 많지만, 항상 흥미롭고 애착이 제일 많이 가는 분야예요. 그리고 디자이너로서의 만족감 또한 커요. 그것은 제가 책을 좋아하는 것도 있겠지만, 책이 갖는 공익성 때문이라고 봐요. 미디어의 다변화로 전자책, 오디오북 등 다양한 매체의 개발이 책의 존재를 위협하지만, 저는 책이 영원할 것이라고 믿어요. 그것은 책을 만지고, 책장을 넘기는 등의 행위 자체가 인간적이니까요. 그것이 책이 존재할 수 있는 이유 같아요. 그래서 지금은 책을 만드는 것이 중요한 것이 아니라 어떻게 만드냐는 것이 중요한 시대인 듯해요. 쉽고 편하고 친근한 책이 많이 나오고 있는데 가볍다고 할 수 있지만, 저는 기존 책이 갖고 있는 권위의 도전이고 극복이라고 나름 평가하고 싶어요.

마지막으로 1인 출판사나 독립출판물을 만들고 싶은 사람들에게 디자이너로서 해주고 싶은 말 한마디 부탁드려요.

책을 만든다는 것은 책에 대한 애정이 특별하기 때문이라고 생각해요. 제가 만난 많은 출판사 대표님들은 출판된 책을 자식으로 비유해서 말씀하시는 경우가 많아요. 그만큼 책에 대한 애정과 사랑이 크다는 뜻이겠죠. 그런 마음 없이 요즘 시대에 책을 만든다는 것은 쉽지 않은 일이에요. 저 또한 이런 출판인들과 같이 일한다는 것이 행복해요.

2016년

3년차 대리처럼
출판을 조금 아는 듯한

시골에서 책을
고르고 · 읽고 · 쓴다는 것

시
골
에
서

책
읽
는
즐
거
움

최종규 지음

2017
세종도서 문학나눔

스토리닷

책만들기 어떻게 시작할까

시골에서 책 읽는 즐거움

지은이 **최종규** | 펴낸이 **이정하** | 디자인 **정제소** | 종이인쇄제본 **예림인쇄** | 물류 **문화유통북스** | 발행일 **2016년 12월 8일** | 가격 **16,800원** | 분야 **인문** | 분량 **376쪽** | 크기 **142*214mm** | 종이 내지 **미색 모조 95g** 표지 **랑데뷰 울트라 화이트 210g** 면지 **매직칼라 120g 솔잎색** | 표지 크기 **506*214mm** | 인쇄 내지 **2도 별색 팬톤 368U** 표지 **4도** | 후가공 표지 **무광라미네이팅** 제목 **유광 먹박** | 제본 **무선제본**

겨울에는 겨울다운 시골놀이

사랑스레 읽던 책

사람 인연이란 것

살다 보니 알겠다. 아니, 출판일을 하다 보니 알겠다. 사람 인연이라는 것에 대해. 그러니 착하게 살아야겠다는 생각이 절로 든다. 웬 인연 타령에 착하게 살자는 이야기로 시작할까 싶지만, 이 책 《시골에서 책 읽는 즐거움》을 쓴 최종규 작가를 처음 알게 된 곳은 다름 아닌 모 피시통신 헌책방 모임이었기에 하는 말이다. 젊었을 때 헌책방 다니는 일보다 끝나고 마시는 맥주나 그 분위기가 좋아서 헌책방이 즐비하던 인천 배다리골목까지 갔던 일이 떠오른다. 한창 열심히 따라다니고 어울리다가 어떤 일로 그 모임을 그만 나가게 됐는지는 기억이 나지 않는다. 별다른 이유는 없을 것이다. 먹고 살기 위해 주말에도 회사에 나가야 했거나 피시통신 하는 즐거움이 시들해진 탓일 수도 있다.

여하튼 최 작가님 소식을 그렇게 듣지 못하다가 다시 듣게 된 것은 후배기자와 이야기를 나누다가 알게 됐다. 그 당시에는 다들 그렇게 서로의 일을 하다 최 작가님과 책을 만드는 일을 함께하게 된 것은 내가 내 이름의 출판사를 만들면서부터다.

최 작가님 안부가 궁금한 나는 포털 검색창에 '최종규'라고 이름 석 자를 쳤다. 그랬더니 생각지도 못하게 최 작가님에 대해 많은 것을 알게 되었다. 그중 모 잡지 인터뷰 사진은 오랜 시간 동안 보지 못해 얼굴이 가물가물하던 작가님뿐만 아니라 가족 모두의 얼굴을 어제 본 듯 보여주었다.

바로 최 작가님 블로그에 들어갔다. 하루 몇백 명은 거뜬히 들어와서 작가님 글을 읽고 간다고 표시돼 있었다. 그간 썼던 글도 수많은 세부 카테고리처럼 어마어마했다. 반가운 마음에 이것저것 읽다가 나중에 책 이름과 비슷한 카테고리를 발견했다. 그 제목을 읽어보면서 '시골에서 책 읽는 일은 도시에서 책을 읽는 것과 무엇이 다를까' 하는 생각이 들었다. 한 편, 한 편 읽어 내려갔는데, 그간 책을 읽고 난 후기 그러니까 리뷰가 다른 사람과 정말 달랐다.

최 작가님의 책에 대한 느낌글(최 작가님은 한국말사전을 짓는 사람으로서 최대한 우리말을 사용하고 있다)을 읽으니 책 내용뿐만 아니라 정말 시골에 가 있지 않아도 시골 풍경과 작가님이, 작가님 가족이 어떻게 생활하고 있는지 눈에 선했다. 한 마디로 나도 시골에 가서 최 작가님처럼 살고 싶었다.

그렇게 한참을 블로그에 드나들며 최 작가님 글을 읽었다. 그러다가 어떤 용기가 났는지 연락처를 알아내서 문자를 드렸다. 그랬더니 몇 주 안 본 사람처럼(실은 거의 십 년 가까이 소식을 듣지 못했는데도) 반갑게 통화를 했고, 드디어 작가님을 만날 수 있었다.

거의 십 년 만에 최 작가님을 만나는 자리인데도 불구하고 어떻게 하다 보니 장소가 고속버스터미널이었다. 그것도 고흥으로 가는 고속버스 출발시간 몇 시간을 앞두고서 말이다. 그 자리에서 아주 오랫만에 서로 인사를 하고, 출판사와 출판 이야기를 하고, 출간계약서를 썼다.

누가 누구의 손을 먼저 잡아준다는 것, 그때는 최 작가님이 이제 출판을 시작해 막 걸음마를 시작한 아이 같은 스토리닷 손을 잡아주었다. 이야기를 마치고 버스를 타려고 떠나는 작가님께 감사한 마음에 나도 모르게 먼저 악수를 청했다. 나도 나중에 누군가의 손을 잡아줄 수 있을 때가 되면 꼭 작가님처럼 따뜻하게 손을 내밀어주리라 다짐하면서 말이다.

3분 소설 시대
300페이지가 넘는 책

요새는 3분 소설이란 말이 나오는 시대다. 똑딱똑딱 180번
만 하면 한 편의 소설을 다 읽는 시대란 말이다. 이 뿐만이랴.
팟캐스트에 이어 유튜브로 책을 파는 시대다. 내가 느린 것
인지 시대가 빠른 것인지 이런 흐름에는 도통 정신을 차리가
어렵다. 하지만 마음속으로는 이런 흐름에 대해 약간은 조바
심이 나기도 한다. 관련 책을 사서 봐야 하나? 스토리닷도 이
런 시대에 뭔가를 해야 하지 않을까? 하고 말이다. 하지만 이
미 늘 마음속으로 또 외치고 있지 않은가? '책만 만드는 것도
힘들어. 딱 책만 만들고 싶어. 원래 책만 만드는 거 아녔어?
쓰지도 않는 굿즈는 왜 만들어야 할까?'

처음 최 작가님 원고를 받았을 때가 기억난다. 메일박스
를 열어서 한글파일을 열고 원고분량이 얼마나 되나 싶어서
마우스로 스크롤을 했다. 해도 해도 끝나지 않았다. 약간은
우습지만 그러고 보면 작가님 원고를 받을 때마다 이런 것
같다. 이제는 매번 원고량 때문에 어려움을 토로하자 메일에

원고를 보시고 다시 이야기를 나누자 하신다.

요즘 책이 250쪽 언저리인 것으로 따지면 작가님은 늘 두 권으로 나올법한 분량으로 원고를 보내주신다. 지금 같으면 (최 작가님 원고를 몇 번 만져본 지금) 작가님께 조금 더 강력하게 원고분량이 많다고 이야기하고 결국에는 원고분량을 줄였을 게 분명하다. 하지만 그때는 최 작가님과 처음이 아니던가.

모든 처음은 작가뿐만 아니라, 출판사도 조심스럽기는 마찬가지다. 원고량이 이렇게 많은 것에 대해 편집자도 고민이 됐지만, 디자이너도 고민이 된다는 사실을 그때 알게 됐다. 이 책 디자인에 대해서는 디자인 이야기 하는 곳에서 더 많이 이야기해보도록 하자.

최 작가님과 처음 책을 내면서 일을 하게 됐을 때 이야기를 하니 생각나는 게 또 하나 있다. 그것은 바로 앞에서 이야기한 바 있는 교정교열을 볼 때 편집자와 작가의 약속이었다. 앞 부분에서 이야기했듯 이 모든 것들이 처음에 잘 지켜졌기 때문에 이 책을 내고도 지금까지 최 작가님 책을 스토리닷에서 낼 수 있었던 것 같다.

이처럼 최 작가님 뿐만 아니라 작가와 출판사 간의 약속

책만들기 어떻게 시작할까

은 지켜져야 한다. 서로에게 무리한 약속이라면 애초 말을 꺼내지 말고, 하겠다고 한 약속은 하되, 일을 하면서 처음 약속한 대로 할 수 없을 때는 미리미리 양해를 구해야 한다.

출판사를 열고 일을 하다 보면 그렇게 사람 좋은 이들도 작가와 편집자로서 만나면 사이가 변할 수 있다. 하루가 멀다 하고 연락을 하고 일로써 만나는 사이가 되기 때문이다. 그럼에도 불구하고 최 작가님과 같은 작가는 정말 드물다. 한 번도 마감을 어겨본 적이 없고, 원고도 정말 나무랄 데가 없다. 물론 원고량은 늘 넘친다. 그러나 이 문제도 어떻게 하든 지금까지는 잘 해결됐다.

원판불변의 법칙이란 게 있다. 사람 얼굴 갖고 하는 말이 아니라 원고를 두고 하는 말이다. 편집자가 소설가도 아니고 해당 작가도 아니니 원고를 아무리 뜯어고쳐도 처음 쓴 원고 언저리를 벗어나지 않는다. 이 이야기를 왜 하느냐 하면 항상 최 작가님 원고가 많았는데도 늘 그렇게 책이 잘 나올 수 있었던 것은 작가님께서 보내주시는 원고가 너무 좋았기 때문이다.

원고를 읽으면 읽을수록 작가님과 메일과 문자를 나누면 나눌수록 거칠기만한 내 글투도 최 작가님을 닮아 고와지는 것 같았다. 대박 나지 않고는 편집자로서의 삶이 녹록지 않은데도 요새 많은 이들이 나만의 출판사를 차린다. 나처럼 대부분 대표가 편집자로서의 역할을 하고 외주로 일을 진행하는 경우가 많다. 편집자로서 가장 즐거울 때, 그때는 이런 최 작가님과 같은 원고를 우주에서 가장 먼저 본다는 것이다.

디자인 • 제작

표지 디자인 예쁘다는 소리

《시골에서 책 읽는 즐거움》은 표지 디자인이 예쁘다는 소리를 많이 들었다. 그래서 그런지 나중에는 모 대형출판사에서 이 책 디자이너를 소개시켜 달라는 전화까지 받았다. 보는 것처럼 표지 디자인이 참 깔끔하다. 날짜별로 되어 있어서 글 길이가 제각각 달랐음에도 불구하고 본문도 표지에 맞춰 깔끔하게 디자인하려고 최대한 노력한 흔적이 보인다.

거기에 이미지는 앞뒤 대수를 맞춰서 넣었고 본문 중간중간 그림도 조그맣게 넣었다. 이 그림은 최 작가님의 다른 책 작업을 할 때 그려두었던 그림을 양해를 구하고 다시 한번 갖다 썼다. 그림 사용을 허락해주신 출판사 철수와영희에 감사드린다.

그림 이야기가 나왔으니 말인데, 최 작가님 책에는 항상 그림이나 사진이 들어간다. 물론 다른 책에도 그림이나 사진이 들어가기 마련인데, 스토리닷만 그런지 모르겠지만 사진을 넣을 때보다 그림을 넣을 때 작업이 좀 더딘 듯하다. 이 책도 그림을 넣을지 말지, 넣는다면 어떤 그림을 넣을지 이야기가 많았다. 그림을 넣는 것은 좋은데, 항상 제작비를 생각하지 않을 수 없다. 그래서 최 작가님께 말씀을 드려서 사용할 수 있었던 그림이 지금 책에 들어간 그림이다.

그런데 그림을 넣는 문제에 있어서 작가님과 디자이너 간 약간 차이가 있었다. 그럴 때 편집자 역할을 하는 나의 최종 결정은 아주 특별한 것만 빼고 항상 작가님 의견 쪽으로 기우는 것 같다. 그래서 작업이 다 끝나고 나면 디자이너에게 늘 미안한 마음으로 디자이너 마음을 풀어주려 한다.

이 책은 본문 2도(검정과 별색)로 했고, 인쇄대수는 무려 11.75대다. 대수는 인쇄에 쓰이는 말로 대체로 32쪽을 1대수로 계산한다. 대수를 알아놓으면 전체 페이지를 잡을 때 아무래도 도움이 된다. 인쇄소 말로는 대수에 딱 맞게 떨어지는 게 가장 좋고, 그 다음은 그 반까지인 16쪽도 괜찮지만 나머지는 모두 수작업을 거쳐야 하기 때문에 비용이 더 든다고 한다. 그러니 교정교열을 볼 때 전체 페이지는 이 대수를 기억하고 있다가 줄이거나 늘이면 좋겠다.

그리고 편집자가 이런 대수 개념이 있다면 작가를 설득할 때도 좋다. 작가는 대부분 자기 글이 많이 들어가는 것을 좋아하지만, 책이 무턱대고 두꺼울 필요는 없다. 그러니 대수에 넘치는 부분은 작가님들에게 대수가 넘쳐서 어렵겠노라고 하면 더는 말을 못하고 그러마 하는 것 같다.

더욱이 요즘은 가면 갈수록 책 볼륨이 얇아진다. 독립출판물 영향일까 아니면 긴 책을 읽기 부담스러워하는 독자들 때문일까, 그도 아니면 요즘 사람들이 바쁜 탓일까? 나 역시 300페이지 안쪽 책도 요새는 처음부터 끝까지 다 읽어본 기억이 드문 듯하다.

이 책이 최 작가님과 처음으로 손발을 맞춰본 책이었는데 작가님은 처음부터 당신은 교정교열을 이렇게 본다고 말씀하셔서 다른 책보다도 계속 긴장해서 교정교열을 봤다. 그런데 아직도 기억에 남는 것은 대부분 교정교열을 보면 1교 때 가장 많이 수정할 게 나오는데, 이 책은 2교에서 수정할 게 가장 많이 나왔다.

워낙 원고가 깔끔해서 수정할 게 별로 없겠다는 생각으로 1교를 디자이너에게 보내고 이렇게 가면 6교까지는 안 봐도 되지 않을까 하고 내심 긴장했던 마음을 조금 풀어놓는 순간, 이런이런 낱말은 앞으로는 쓰지 않으려 한다는 이유로 1교 때보다 더 많은 교정교열 사항을 최 작가님이 보내주셨던 것이다. 정말 차원이 다른 교정교열 사항이지 않은가? 최 작가님 원고를 매만지면서 늘 책을 어떻게 만들어야 하는지 배운다.

마케팅
가능한 모든 지원은 해보자

《시골에서 책 읽는 즐거움》과 다음에 이야기할 《당신도 쿠바로 떠났으면 좋겠어요》 두 책은 책이 나오기 전에 인터넷서점인 인터파크에서 오프라인 서점으로 문을 연 북파크 지원을 받아서 작가와의 만남을 열었다.

책 만드는 일을 하면 서점에 더 많이 갈 것 같고, 그래야 하지만 정작 서점 가는 일이 예전만큼 쉽지 않다.《시골에서 책 읽는 즐거움》은 한겨울에 나와서 작가와의 만남 역시 한겨울에 해야 했다. 인터파크 북파크라는 생긴지 얼마 되지 않은 그곳으로 최 작가님을 보러 온 분들이 참 고마웠다. 더불어 그때 최 작가님을 응원하러 온 철수와영희 대표님과 최 작가님 지인분과 작가와의 만남 후 뒷풀이를 했던 그 분위기가 아직도 그립다.

갑자기 감성 모드인데, 이런 이야기를 하려고 했던 것은 아니고 여하튼 이렇게 책을 만들다 보면 여러 방면으로 지원할 기회가 생긴다. 그때마다 미루지 말고 혹은 우리 출판사가 지원하면 선정될까 하는 부정적인 생각보다 그저 열심히 응모하다 보면 생각지 못한 좋은 기회를 잡을 수도 있으니 기회가 생길 때마다 지원해보길 바란다.

지원 이야기가 나왔으니 나온 김에 말하자면 출판사 하는 사람들이 주로 드나드는 몇 가지 인터넷 사이트 즐겨찾기가 있다. 이건 나중에 부록에서 다시 한번 이야기하겠다. 되돌아 보면 스토리닷은 이런 것 하나도 모르고 정말 맨땅에 헤딩을 했다. 그럼에도 불구하고 이 책《시골에서 책 읽는 즐거움》으로 출판사를 차리고 책을 낸 지 3년 만에 세종도서에 선정됐다. 그 당시에는 책 내용도 좋고, 디자인도 좋고, 나 역시 그 어느 때보다도 열심히 만들었으니 당연하다 생각했으나 출판한 지 평균 5년 정도 됐을 때 세종도서 등 지원을 받는다고 하니 출판계 아는 분에 따르면 이는 굉장히 빨리 지원을 받은 것이란다.

덕분에 이 책은 큰 마케팅 활동을 하지 않아도 현재 3쇄를 찍었다. 워낙 출판 초창기에 나온 책이라 몇 쇄를 찍었는지 기억이 가물가물했는데, 얼마 전에 최종규 작가님 책을 굉장히 좋아한다는 분이 전화와 문자를 주시면서 맨 뒤 책목록에 오자가 있다고 알려왔기에 기억이 났다.

이상하게도 최 작가님 책은 호불호가 확실하게 나뉜다. 너무 두껍다는 이유로 아예 읽는 것 자체를 꺼리는 분도 있는가 하면 방금 위에 말한 분처럼 너무너무 좋다고 최 작가님 책(물론 스토리닷에서 나온)은 다 읽었다는 분들이 종종 전화를 걸어오신다.

나 역시 최 작가님과 이 책을 시작으로 5권째 작업 중이지만 그때마다 작가님은 새로운 분이라는 걸 매번 깨닫고 있다.

책만들기 어떻게 시작할까

당신도 쿠바로 떠났으면 좋겠어요

지은이 **시골여자** | 펴낸이 **이정하** | 디자인 **정제소** | 종이인쇄제본 **예림인쇄** | 물류 **문화유통북스** | 발행일 **2016년 10월 20일** | 가격 **14,000원** | 분야 **여행** | 분량 **268 쪽** | 크기 **143*210mm** | 종이 내지 미색 모조 95g 랑데뷰 내추럴 화이트 210g 랑 데뷰 내추럴 화이트 160g 면지 팬톤 464U 인쇄 | 커버 크기 **487.464*210mm** | 인 쇄 내지 4도 표지 4도 커버 4도 | 후가공 표지 유광라미네이팅 커버 유광라미네이 팅 | 제본 무선제본

여행을 할 때도
일상을 살 때도

변치 않는
사랑,

그리고
사랑

2015. 06. 30

쿠바의 수도, 아바나에서 한 달째 여행에 느린 여행을 빼고 있는
나는, 이곳에서 꽤 재밌던 일이 있다. 한국 마트에 가면 흔히 우리가도
팔려져 있는 '이것'을 쉽게 구할 수 있을 줄 알았는데, 쿠바에서는
쉽게 구할 수가 없었다. 내가 20일 동안 쿠바가 워째서 꽤 느리게
멜던 것은 다름 아닌 계란 한판! 몇아리를 시서 닭으로 키워 알을
낳게 하는 것이 더 쉽겠다는 생각이 들었을 만큼 어렵게 계란
한판을 구했다. 이곳에서는 아주 사소한 것이라도 구하기가 힘든
것이 있다. 그럴 때는 기다려야 한다.
이별을 고했던 남자친구가 돌아오기를 바라는 마음처럼 간절히
기다리면 안 된다. 그럼 지친다. '계란같이 없은 날 언젠가는
되겠지'라는 마음으로 확대한 느긋하게, 그러면 언젠가는 구해진다.

요즘 나는 습관처럼 일어나자마자 커다란 양고기 하나와 맥주,
해질녘에는 조촐한 박물관에 가서 아이스 초콜라떼를 한잔씩
마신다. 그리고 낯메는 골목길을 걸어 다니며 시간을 보낸다.
조선 후기 사학자 김정호 선생님이 이렇게 돌아다니는 내 모습을
보셨다면6행 스타우 제외를 하시지 않았을까? 무바에서 아직
내놓여지 도라도 만들 기세로 무바의 수도 아바나 구석구석을 훑고

책만들기 어떻게 시작할까

그러니 섣불리 나를, 상대방을
'어떤 사람임'이라고 단정 짓지는 말자.

제일만 예쁜 버려는 것은 어느 떤,
우리도 변하고, 바뀌고, 달라진다.

나도,
어른

사랑이 노력해도 안 되는 일이 있구나.
아무리 발버둥 쳐도 어찌할 수 없는 일이 있구나.

실망과 좌절이 한 겹 한 겹 쌓일 때마다
상식과 이성이라는 단어를 곱씹을 일을 뼈저리

적음엔 펑펑 소리 내고 싶었다.
어떻게 세상이 이럴 수가 있냐고.

세상은 원래 다 그래'라는 별빛 어른들의 말에
나는 철썩 사는 게 두려워지기 시작했다.

한동안 속앓이를 하다
내린 결론.

그렇다면
좀 더 담담해져야겠구나.
좀 더 유연해져야겠구나.

그래야 살 수 있겠구나.

더 이상 상처 받지 말아야지
그 사람은 나에게 상처를 줄 자격이 없으니
더 이상 애쓰고 마음 쓰지 말아야지
이 만큼 노력했으면 충분했으니

가슴에 묻어 두는 말들이……
가슴에 묻어 두는 일들이……
하나, 둘 쌓여 갈수록

나도
어떻게
어른이 되어 간다.

처음 본 사람과
책 작업을 한다는 것

처음 본 사람과 책 작업을 함께한다는 것은 생각보다 어렵다. 물론 때로는 아는 사람이 더 어려울 수 있다. 여하튼《당신도 쿠바로 떠났으면 좋겠어요》라는 이 긴 이름의 책은 책 만들었던 이야기가 길다. 이 책 역시 투고로 책이 나온 경우다. 어느 날 메일을 열었는데, 정말 완벽하리만큼 정확한 투고 메일 한 통을 발견했다.

내 전작《책쓰기 어떻게 시작할까》에도 밝힌 바 있지만, 투고 메일은 내용부터 오탈자 없이 문맥에 맞춰 잘 써야 한다. 거기에 정말 잘 맞춘 메일이어서 첨부파일인 저자 소개와 출간계획서, 샘플원고를 바로 읽고 싶었다.

메일을 다 읽고 첨부파일을 하나씩 열었다. 작가 소개를 읽는 순간 아, 이래서 투고 메일을 이렇게 잘 썼구나 싶었다. 투고 메일로 온 원고가 첫 원고가 아니었다. 첫 책을 내고 불과 몇 년밖에 되지 않는 작가였다. 원고도 원고지만 한국에서 먼 나라의 이국적인 사진이 피곤한 눈을 사로잡았다. 다른 사진과 원고 전체도 보고 싶었다. 바로 메일로 연락을 했다.

《책쓰기 어떻게 시작할까》에도 나오는 내용이지만 출판사에서 이렇게 샘플원고나 사진을 더 볼 수 있냐고 할 때 웬만하면 바로바로 응대해주는 것이 좋다. 물론 출판사에 따라서 그 후로 감감 무소식을 한두 번 겪으니 그렇게 하고 싶지 않다는 작가들도 있지만, 그러면 출판사 관계자를 만난 자리에서 보여주겠노라 하면 된다.

날짜를 잡았다. 그리고 시골여자(이분의 필명이다)를 만나러 가기 전 전에 낸 책 판매지수를 살펴봤다. 나쁘지 않았다. 되려 첫 책이고, 몇 년이 지난 시점이었는데 생각보다 높아서 살짝 놀랐던 기억이 난다.

그렇게 해서 《당신도 쿠바로 떠났으면 좋겠어요》 작가인 시골여자를 동네 커피숍에서 만났다. 스토리닷은 어떻게 해서 알게 됐느냐부터 시작해서 여러 가지 이야기를 나눴던 것으로 기억한다. 물론 얼굴을 본 김에 책이 나오면 어떻게 팔수 있을지 마케팅 방법까지 말이다. 처음 만났는데도 이야기가 잘 통했다. 그래서 그 자리에서 계약서를 작성했는지, 그 다음 번에 만나서 계약서를 작성했는지 책과 관련된 진행은 빨리 됐다.

작가로서 데뷔를 해서(첫 책을 내서) 책을 낸다는 것은 어떤 의미인지 전작《책쓰기 어떻게 시작할까》에 써놓았다. 아쉽게도《당신도 쿠바로 떠났으면 좋겠어요》작가인 시골여자는 정말 필명대로 갑자기 결혼을 해서 시골여자가 되셨다. 시골여자라는 이름은 이 작가님 전 책부터 사용한 것이 아니라 이 책부터 사용했다. 우유니 소금사막을 몇 번씩이나 다녀오고 몇 수십 시간이 떨어져 있는 남미 여행을 옆 동네 다니듯 다녔던 사람이 이름따라 바뀌다니 참 신기한 일이 아닐 수 없다.

누가 그러더라. 가수는 노래제목처럼 산다고. 책도 마찬가지일까? 우리 출판사 첫 책《카메라 들고 느릿느릿》이란 책이 있는데, 정말 느릿느릿 팔린다. 그러니 책 제목을 지을 때 이 또한 꼭 기억할 일이다. 부정적인 단어나 부정적인 이미지는 금물이다.

그래도 다행인지 티브이에서 쿠바에 관한 내용이 나오면 나온 지 몇 년이 지난 책인데도 그때마다 주문이 들어오고 있다. 쿠바에 관한 제대로 된 단행본이 없긴 없나 보다. 참, 얼마 전 대만 출판사에서도 이 책에 대한 판권 문의가 들어

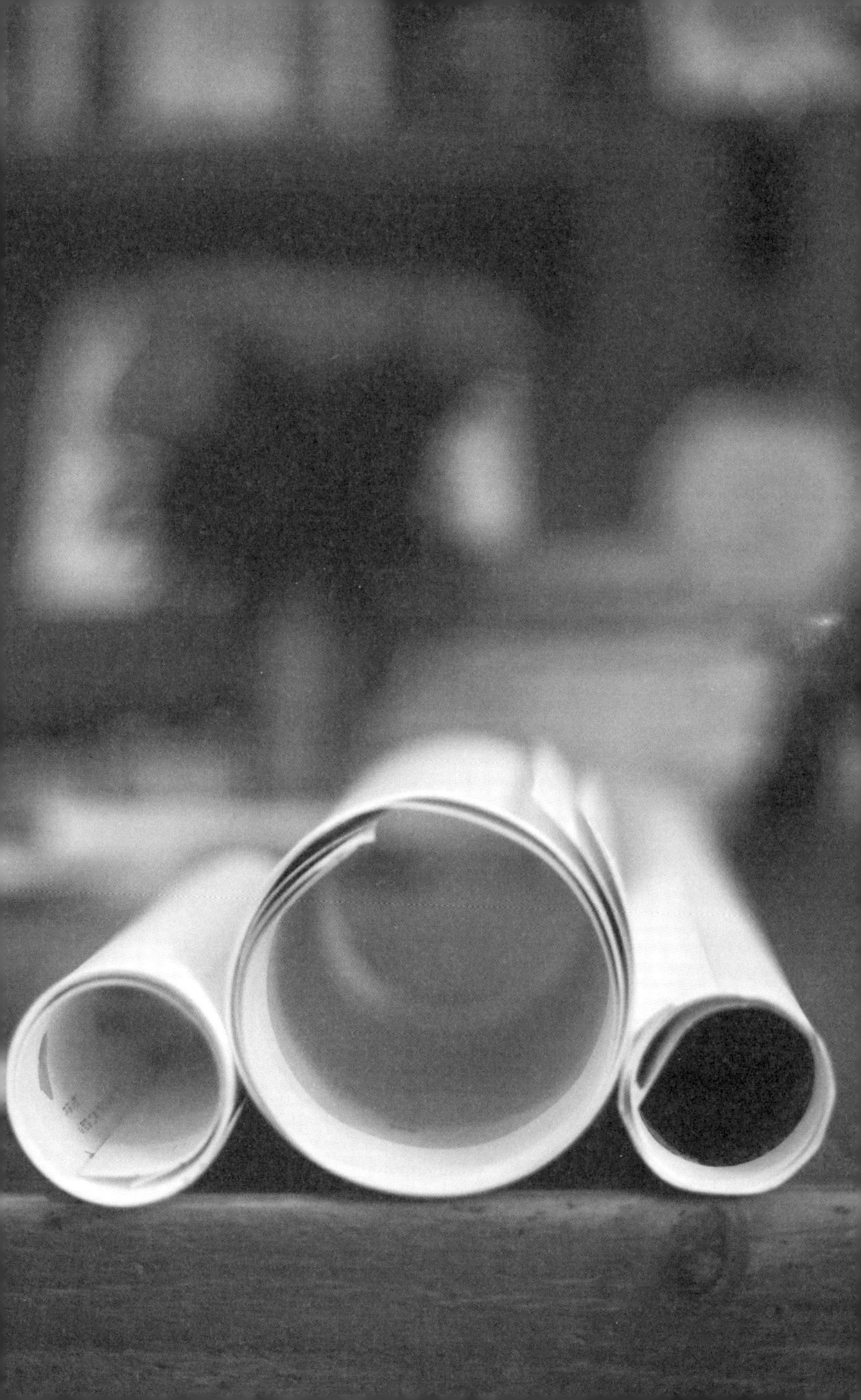

온 적 있다. 한국에서는 멀고 낯선 나라, 체 게바라 정도로 기억하는 나라 쿠바. 대만에서는 과연 어떤 이유로 이 책 판권을 물어본 것일까?

1인 출판사 대표 취향 따라서

며칠 전 출판사 관련 사람들을 위한 강의를 들으러 갔었다. 참 오랜만에 그런 곳에 간 셈인데, 그중 한 대표님께서 말씀하신 게 마침 기억난다.

"1인 출판사는 아무래도 대표 취향이 반영돼요. 그리고 출판사 체력과 대표 체력이 비례해요. 건강 관리 잘 하셔야 합니다. 저는 출판사를 차리고 초창기에 응급실을 한 세 번 간 이후로는 주3일 헬스하고, 주2회 수영해요. 물론 이렇게 되기까지 출판사가 많이 안정되기도 했지만, 출판사를 하다 보면 체력이 꼭 필요하다는 걸 몸소 느끼실 거예요."

그럼 결국 주5일 운동을 한다는 것인데, 아직 주3회 운동을 목표로 사는 나에게는 참 부러운 운동량이다. 그리고 이 대표님의 말씀 중 더 공감되는 말은 1인 출판사는 아무래도 대표 취향대로 책이 나온다는 이야기였다.

앞에서도 선무도, 불교 책 이야기를 하면서 말한 것 같은데, 큰 뜻이든 작은 뜻이든 출판사를 차려도 원고가 있어야 책을 만들 터인데, 출판사를 차린지 한 2년까지는 제대로 된 원고를 만나기 어렵다. 물론 큰 출판사에서 나와서 출판사를 차리시는 분들은 제외하고 말이다. 그러니 자연스럽게 대표 자신이 만들고 싶은 책을 만들게 된다.

이 책《당신도 쿠바로 떠났으면 좋겠어요》는 원고나 편집이 20~30대 여성을 타깃으로 하고 있다. 40대인 나와 40대를 향해 가는 디자이너가 읽고 디자인하기에 상당히 오글거리는 면도 솔직히 있었다.

40대인 나는 원고를 쓸 때 한 줄을 꽉꽉 채워쓰는 것이라 알고 있다. 그리고 문단과 문단 사이 한 줄 띄어쓰기는 특별한 일이 아니면 하지 않는다. 그런데 전체 원고를 받아봤는데, 원고가 이 두 원칙(?)에 정면으로 어긋나 있었다. 작가에게 물어봤다. 자신은 첫 번째 책도 이렇게 만들었다고 했다. 그리고 이런 형식이 텍스트를 더 잘 읽히게 한다고 했다.

하지만 이런 형식에 익숙하지 않은 나와 디자이너는 책을 만드는 내내 그 형식과 내용(사랑 이야기)에 적잖이 힘들어했다. 그리고 책을 만드는 내내 작가님이 첫 책을 냈던 출판사와 비교당하지 않을 수 없었다. 물론 물에 물 탄 듯, 술에 술 탄 듯 자신 책이 어떻게 나올지 상관없다는 작가들보다 이렇게 자기 의사가 분명한 작가들이 좋기는 하다. 하지만 때에 따라서는 물러나고 출판사 의사를 적절히 따라주는 것도 좋다.

이 책을 만들면서 내가 참 올드하구나 하는 생각을 많이 했던 것 같다. 그러기에 이런 책을 만들어야겠다고 다짐했을 때는 부러 젊은 사람들의 트렌드를 파악해보는 것도 좋다. 양보할 것과 양보하지 말아야 할 것들, 누구 말대로 이런 것들에 자꾸 흔들리다 보면 책 만드는 일이 참 힘들다. 고로 이런 것들을 한 번씩 정리해서 써놓으면 좋을 듯하다.

예전 잡지를 만들 때는 패션잡지처럼 이미지 하나 크게 들어가고 한 세 줄 텍스트가 들어가는 지면을 만들어 보는 게 꿈이었다. '얼마나 쉬울까, 몇 자 안 쓰면 마감 끝이잖아' 하고 엄청 부러워했는데, 막상 이런 지면과 흡사한《당신도 쿠바로 떠났으면 좋겠어요》도 해보지 않은 스타일의 책이어서 그랬는지 중간중간 참 힘들었다. 그래도 기획 편집 이슈가 디자인 이슈보다는 적었다. 이어서 이 책에 대한 디자인 이야기를 들어보도록 하자.

견적서 보는 법

《당신도 쿠바로 떠났으면 좋겠어요》를 만들면서 가장 힘들었던 부분은 다름 아닌 디자인 제작이었다. 다시 한번 생각해본다. 책을 만들면서 작가의 역할은 어디까지여야 할까 하고 말이다. 이 문제에 관해서는 작가별로, 출판사별로 다 다른 듯하다. 그런데 무엇을 이야기하려고 이렇게 뜸을 들이냐 하면 이 책 작가는 다른 작가와 달리 책 만드는 전 과정에 관심이 많으셨다.

특히 디자인에 관심이 많으셔서 그동안 이런 작가를 만나보지 못한 나와 디자이너는 종종 당황하기도 했다. 물론 이 책의 결과물은 대단히 좋았다.

책을 만들다 보면 작가와 출판사 간의 합이 그 어떤 것보다도 중요하다는 것을 알게 될 것이다. 하지만 그 합은 결혼처럼(?) 알 수 없는 일이므로 늘 하늘에 맡겨두는 수밖에 없다.

앞서 이야기한 것처럼 이 책의 작가는 기존 스토리닷 작가들보다 훨씬 어린 나이의 작가였다. 그런 만큼 작가 자신은 본문 페이지 중 인스타그램에 어울릴만한 페이지를 만들어야 한다고 강력하게 주장했다. 하지만 당시 스토리닷이 인스타그램을 하고 있었는지 아닌지 기억이 잘 나지 않는다. 그래서인지 왜 그게 그렇게 중요한지 알지 못했다. 아시다시피 인스타그램용 이미지는 정사각형이다. 직사각형 사진에 익숙한 우리 세대는 책을 만드는 것인데, 책 안에 인스타그램용 페이지를 굳이 만들어야 하는지에 관해 굉장한 고민을 했다.

또 하나는 표지 이야기가 있다. 아직도 기억난다. 표지시안을 만들고 투표를 해보았다. 작가님이 워낙 파워블로그여서 그런지 표지시안 투표, 심지어 책 제목에 대한 의견까지 정말 다양한 의견이 쏟아져 나왔다.

표지시안에 대한 의견으로 어떤 이는 자신의 의견을 강하게 이야기하기 위해서 그랬는지 몰라도 나와 디자이너, 작가님이 눈여겨본 표지로 결정을 한다면 여행책스럽지 않아서 판매가 잘 안 될 것이라는 이상한 예언까지 난무했다.

　　　　　　　　　　　　책만들기 어떻게 시작할까

여하튼 표지시안 투표는 수많은 댓글이 달리고도 최종결정은 나와 디자이너와 작가님이 좋아하는 표지로 선택했다. 이때 세 사람 중 한 사람이라도 의견이 달랐다면 다른 사람들 의견이 하도 강해서 지금의 표지를 선택하지 못했을 것이다.

지금도 표지를 보며 잘한 선택이라 생각한다. 그때 여러 사람들이 좋아했던 표지를 최종으로 결정했다면 아마 두고두고 찜찜한 마음을 감출 수 없었을 것이다. 물론 그때 여행책 표지스럽지 않아서 판매가 안될 것이라는 이야기 기준이 어떤 것인지는 몰라도 이책은 2쇄를 찍고 아직도 판매가 되고 있으니 많이 팔리지는 않아도 적자를 본 것도 아니다.

이렇듯 이런 여행책은 거의 올컬러다. 그러니 이런 책일수록 제작 견적서를 잘 살펴야 한다. 이 책을 만들면서 디자이너 추천으로 인쇄소를 옮겼다. 컬러를 잘 뽑고 단행본을 오래, 또 다양한 곳과 만들어본 경험이 있는 곳으로 말이다. 아, 그런데 제작 견적서를 받고 깜짝 놀랐다. 전 인쇄소보다 제작단가가 낮게 나왔다.

코딱지만큼 작은 가내수공업 1인 출판을 해도 사업은 사업이다. 스토리닷 사업 영역에 단행본 및 콘텐츠 대행이라고 써놓았지만 콘텐츠 대행은 이제 거의 하지 않는다. 하지만 이때까지만 해도 콘텐츠 대행(취재, 기사 작성, 교지 제작 등)을 했다.

대행 일을 하면서 사업은 1원, 10원으로 승패가 갈리는구나 하는 생각이 들었다. 그때부터 꼭 비교 견적서를 받아보기로 했다. 하지만 아직도 견적서 보는 법을 통달하지는 못했다. 단행본 제작은 제작팀이 따로 있을 정도로 꽤나 복잡한 과정이다. 영화를 종합예술이라고 부르는데, 책도 그에 못지 않다고 본다.

아름답게 보여야 할 책, 하지만 책을 만드는 과정은 복잡다단하다. 인쇄소에 가보면 같은 책을 만드는데 어떤 책은 세상에 나와도 창고에 그대로 쌓여 있고, 어떤 책은 책이 없어서 하루가 멀다하고 중쇄를 거듭하는 걸 보면 묘한 느낌마저 든다.

마케팅

단점을 장점으로 바꿔라

《당신도 쿠바로 떠났으면 좋겠어요》 마케팅은 앞서 얘기했던 대로 인터파크 북파크에서 작가와의 만남을 했고 그 이후에는 별다른 행사를 하지 않았다. 아니 정확히 이야기하면 이상하게 책을 내고 작가님이 여러 가지 이유로 독자들과 만날 수 없는 상황이었다. 알고 보니 이 책을 만들고 얼마 지나지 않아서 결혼을 하셨다.

결혼을 하면서 이제는 아예 필명 시골여자처럼 시골여자로 조용히 사시는 듯하다. 그래도 워낙 파워블로거이시고, 라디오방송 쪽에 아는 분들이 많으셔서 그런지 독자와의 만남 자리는 부족했지만 책 리뷰는 여기저기에서 많이 찾아볼 수 있다.

1인 출판사로 시작을 하려면 영업이나 마케팅을 해보지 않은 사람이라면 원고를 살필 때 내게 부족한 면을 채워줄 그런 원고를 쓴 작가를 만나면 더 좋다. 물론 좋은 원고를 만나기도 어려운 판에 나의 부족한 면까지 채워줄 완벽한 원고를 찾다니 너무 욕심에 찬 말 아니냐고 하겠지만, 이게 몇 년 출판사를 해보니 알게 되는 것들이다.

작은 출판사일수록 홍보, 마케팅이 중요하다. 출판사를 한다고 내걸었으면 책은 꾸역꾸역 어떻게 해서든지 만들어낸다. 하지만 그 책을 널리 알리는 홍보, 한 권이라도 더 팔게 하는 마케팅까지 혼자 다 하기에는 사실 힘든 점이 한두 가지가 아니다. 그러니 이런 때 작가 덕을 좀 봐야 한다.

앞서 계속 얘기했지만 책도 출판사보다 작가가 이야기하는 것이 더 효과가 좋다. 그러하기에 편집자 혹은 작가가 출판사를 차리려고 할 때는 만약 나중에 책을 내게 되면 홍보 마케팅을 어떻게 할 것인지 머릿속에 그림을 한 번 그려보길 바란다.

다시 이 책《당신도 쿠바로 떠났으면 좋겠어요》로 돌아가자. 책을 만들다 보면 작가나 출판사 힘만으로는 안 되는 것도 있다. 아니 안 되는 것이 아니라 되는 것에 더 가깝겠다. 이 책은 쿠바 여행책이다. 생각보다 쿠바 여행책이 그렇게 많지 않다. 첫 번째 이유는 우리나라와 먼 곳이어서 그런가 보다.

그래서인지 작가도 출판사도 그렇게 많이 홍보를 하지 않았음에도 방송에 쿠바와 관련된 내용이 나오면 출간된 지 조금 된 책임에도 불구하고 주문이 꼭 들어온다. 그래서 내심 방송에서 쿠바와 관련된 내용이 더 많이 방송되기를 살짝 바라기도 한다.

쿠바 여행책을 만들 때는 이렇게 먼 곳을 어떻게 갈 수 있을까? 쿠바 가는 사람이 진짜 있을까? 하는 생각으로 고민이 되기도 했다. 하지만 이런 고민이 누구나 갈 수 없는 희귀성을 만들어내고 그곳 이야기를 담은 쿠바책이 몇 권 없기에 쿠바 이야기가 나오면 주문이 늘 수밖에 없는, 단점이 장점이 된 책이라 말할 수 있다.

서 른
여행은
끝났다

12,000km
자전거로 그리는
미국 여행기

박현용

스토리닷

책만들기 어떻게 시작할까

서른 여행은 끝났다

지은이 **박현용** | 펴낸이 **이정하** | 디자인 **정제소** | 물류 **문화유통북스** | 발행일 **2016년 6월 24일** | 가격 **13,800원** | 분야 **여행** | 분량 **216쪽** | 크기 **130*210mm** | 제본 **무선제본**

플로리다의
해변을 따라
마이애미까지 이어지는
A1A 도로

그네디그(의) 플로리다 해변이
이 발발되(하)는 소리는 아니다.

탈취

첫 번째 전환지점인 키 웨스트(Key West)로 가는 길목에 서있다. 플로리다 최남단에서 키 웨스트 사이에는 작은 섬들이 줄지어 늘어서 있고, 섬과 섬 사이로 다리가 연결되어 있는데 총 길이가 200km 정도 된다.

나는 일주일에 한 번씩 모텔을 들어간다. 다음날 모텔로 오기로 결정을 하면 그 전날은 맘껏 자전거를 탄다. 그리고 아침에 30~40달러 정도의 모텔을 찾아 들어간다. 그래야 하루 종일 충분히 휴식이 가능하고 온도 아껴지 않다. 우선은 빨래를 하고 자전거를 점검한다. 그리고 각종 장비들을 충전시키고, 그동안에 촬영한 다진의 영상을 지운다. 혹쓰기 있는 모텔이면 르뇌를 불러 한 잔에 들어가고, 없으면 그냥 사워만 한다. 간단한 스트레칭으로 뭉친 육체를 풀어주고 노트북을 켜내서 영상을 편집하고, 홈페이지에 올린다. 마지막으로 자신거 위에서 생각의 난던 시나리오 아이디어를 정리하거나 쓰고 있었던 시나리오를 쓴다. 그렇게 저녁 7~8시까지 버티다가 깊은 숙면에 들어간다.

이번 모텔은 키 웨스트에 도착해서 들어가기로 했다. 5일째 긴거리 생활에 육체는 고갈난 행동등지럼 함빡거리에 영혼은 비녀가 칠한다. 나의 몸들을 상상하더라면 테오도르 제식건(Dotadore Géricault 18세기 프랑스의 대표적인 화가)닌 났아가서 묘과의 장식피프 (생식론픽의 남자 Portraitof an Insane Person) 작품을 보고 바란다. 스스로 오른 위심할 정도로 심한 악취가 나는 것으로부터 지난날 노숙에서 어느 날련의

건조한 사막,
나무도 없는
바위산들

미국 남복은
섭지로 작막했다.

"들어와서 뭐라도 한잔할래"
"좋소"

집안은 수만 권의 책으로 가득했다. 할아버지는 오랫동안 교수 일을 하시다 은퇴를 하시고, 이곳 시골에서 보내고 있었더라. 할아버지와 직을 마시며 이야기를 나누어보니 집안에 책 개치하게 쌓인 책만큼이나 할아버지의 학식은 다양한 분야를 넘나들었고, 나는 금세 할아버지의 이야기들에 빠져들었다.

"예그니어?"
"맞소. 오늘 먹은 거처리는 없긴 오래 마신 분만에 없는 법소."
"...아"
"내가 맛있는 멕시코 음식을 해줄게"

할아버지는 주방으로 들어가셨다. 할아버지의 별명은 난멜리라 맛의 별자로, 티 Chapo로 멕시코에서 미국으로 어쩌 쭉쭉 넘어와 젖더고 한다. 이곳 레드 포드(Red Ford)는 폭이 10m 도 되지 않는 리오 그란디 강을 경계로 미국 텍사스와 멕시코의 국경으로 나누어져 있는데, 오래 전에는 국경을 아무런 어려움 없이 넘나들며너 살았다고 한다. 하지만 지금은 국경을 넘는 것은 불법으로 좋두붙을 한 국경수비대가 수시로 감시를 하고 있다. 특히 미국 국경 수비대의 주요 임무는 바약 밀매를 막는 것이라다. 나도 국경수비대에게 5번이나 잡혀나 몸과 나의 모든 용품 수색 받았다.

책만들기 어떻게 시작할까

편집자는 대표독자다

참, 이 책《서른 여행은 끝났다》이야기를 시작하려고 하니 지금도 책 한 권, 한 권 만드는 게 참 힘들지만 그때는 정말 정말 힘들었던 기억이 난다. 얼마나 힘이 들었으면 이 책 나오기 전에 나왔던 내 책《글쓰기 어떻게 시작할까》로 글쓰기 선생 노릇까지 했을까 싶다. 더 힘들었던 것은 야심차게 '스토리닷 글쓰기 공작소'라는 타이틀까지 붙여서 글쓰기 수업에 참여할 사람을 구해봐도 수강생을 모집하기 어려웠다는 점이다.

그러다가 글쓰기 수업이야 크게 생각한 부분이 아니니 잊고 지내자 했다. 그랬더니 얼마 지나지 않아서 한 청년이 연락을 해왔다. 아, 이제야 생각이 난다. 이 청년은《글쓰기 어떻게 시작할까》작가와의 만남에 왔던 독자였다.

《서른 여행은 끝났다》를 만들 당시 나의 상황도, 이 책 작가인 박현용 작가도 상황이 그다지 좋지 않았던 것 같다. 박현용 작가를 만난 것은 책을 만들자 해서 계약하기 한 1년 전 쯤 만난 것 같다. 그러니 스토리닷이란 이름으로 책 한 권을 냈을 때였다. 누구 소개였는지 지금은 기억도 가물가물하지만, 미국여행기를 쓴 분이 있는데 한 번 만나보지 않겠냐고 물어왔다.

아, 그래서 만난 자리. 작가가 아니라 영화배우인 줄 알았다. 원고를 보기 전에 박 작가님이 하는 이야기에 먼저 빠져들었다. 글도 글이지만, 정말 말을 잘 하는 분이셨다. 첫 만남에 원고를 보기 전에도 원고가 굉장히 재미있을 것 같았다. 이렇게 쟁쟁한 분이 우리 출판사에 원고를 줄까 내심 조바심마저 들었다.

아니나 다를까 그후 연락이 없었다. 그러면서 '아, 이름만 대면 아는 큰 출판사와도 만나는 중이라더니 그쪽에서 계약을 했나 보다.' 하고 생각했다. 그렇게 생각하고 박 작가님과의 만남 자체를 까맣게 잊고 있었다. 그렇게 다른 일로 하루하루를 살고 있는데, 어느 날 이번에는 박 작가님이 직접 연락을 해왔다. 이래저래 그간 있었던 이야기를 나누다 한 번 보고 출간 이야기를 하기로 했다. 그 전에 박 작가님에게 원고를 좀 보내달라고 했다.

그래서 받아본 원고. 기존 여행기와는 많이 달랐다. 당시, 아니 지금도 그렇지만 그때 출판 키워드는 괜찮아, 힐링, 위로 등이었다. 여행책도 마찬가지였다. 여행 자유화로 여행지 몇 곳을 다녀와서 쓴 책도 출간이 되곤 했다.

물론 박 작가님도 책이 발간된다면 첫 책이었다. 하지만 워낙 시나리오 작업을 많이 해본 터라 원고는 소설에 가깝게 술술 잘 읽혔다. 무모하지만 그때(서른)에만 할 수 있는 도전이랄까. 박 작가님을 만나뵈었을 때 큰 출판사와 계약을 맺는 과정에서 어떤 이유에서였는지 모르겠지만 최종 사인을 하지 못했다 했다.

그런 큰 출판사에서도 감당하기 어려운 원고를 이제 막 책 몇 권을 낸 출판사인 스토리닷에서 책을 내자고 했던 용기는 어디에서 나왔을까? 그건 솔직히 원고 때문이었다. 솔직함. 느끼하지 않고, 오글거리지 않은 원고. 내가 이렇게 읽혔다면 독자도 이렇게 읽어주지 않을까 하는 기대감에서 이 원고를 책으로 내자는 마음이 생겼다.

출판사를 시작하면서 생각했다. 불교를 배워가면서 불서는 꼭 내자고. 원고가 없어서 첫 책은 잡지를 만들면서 만났던 사진작가분 책으로 시작을 했다. 두 번째 책은 역시 원고가 없어서 작가를 찾던 중 후배기자가 논술학원을 하고 있었다. 그렇게 해서 두 번째 책은 논술책을 만들었다. 세 번째는

하다 보니 그림도 눈에 들어와서 드로잉책을 세 번째 책으로 내놓았다. 그렇게 정말 어렵게 세 권을 내긴 냈는데, 수중에 남아있는 것은 각종 청구서뿐이었다.

스토리닷은 어떤 책을 주로 낼 거예요? 어떤 출판사예요? 하는 질문을 가장 많이 들었지만, 가장 어려운 질문이다. 5년이 지난 지금이라고 달라진 것은 없다. 한 십 년이 지나면 이것저것 내는 출판사가 아닌 어떤 분야가 강한 종합출판사라는 이름을 달고 있었으면 좋겠다.

디자인 · 제작 · 마케팅
일과 삶의 조화

이 책을 만들기 전까지 뭐랄까? 전체적으로 출판사가 안정화되지 못했던 것 같다. 원고수급도, 디자인도, 지금도 어려운 홍보마케팅도 어느 것 하나 마음처럼 풀리지 않았다.《글쓰기 어떻게 시작할까》를 내고 디자인이 원고에 비해 딱딱하다는 이야기를 많이 들었다. 그래서 이 책을 만들 때는 디자이너에 대한 고민을 가장 많이 했던 것 같다.

이 책부터였다. 정제소(그때는 이 이름이 아니라 개인 이름으로 했다)라는 분을 후배를 통해 소개받았다. 이때까지 여행책을 만들어본 적이 없었기에, 또 새로운 디자이너를 소개받는 자리여서 내심 떨리는 마음으로 디자이너를 만났던 기억이 난다.

이 책을 보니 정제소와 스토리닷은 그동안 많이 발전한 셈이다. 지금 같으면 이 책 판형을 왜 이렇게 잡았나 싶다. 조금 더 큰 판형으로 했다면 어땠을까? 그리고 제목도 그 당시에는 괜찮다 싶었는데,《서른 잔치는 끝났다》라는 책 제목이 너무 강하게 생각나는 것 같다.

그래도 이 책을 내고 작가와의 만남을 하는데 모 인터넷서점 기자님도 와서 취재를 해가고, 그래서 그런지 이 책을 내고 투고가 오기 시작했다. 그것도 온통 여행 관련 원고로 말이다.

작가님의 화려한 프로필 때문인지 작가와의 만남을 제일기획에서도 했다. 그리고 당시 막 나오기 시작한 책소개 채널 중 하나인 책벌레에 한 번은 지인 찬스로 한 번은 비용을 써서 소개하는 자리를 마련했다. 반응이 좋았다. 또, 우연인지 이 또한 지인 찬스로 이뤄진 것인지 책 소개하는 페이스북 책끝접다에서도 책 내용이 나와서 많은 이들의 공유가 이뤄지기도 했다. 그때만 해도 초판 1쇄 반응이 좋아서 바로 2쇄를 찍으려고 했다. 한 200부 정도 남겨둔 시점에서 2쇄를 찍으려고 할 때부터 책 나가는 속도가 많이 줄어들었다.

얼마 전 책 관련 마케팅 강의를 들었다. 요즘 유행하는 인스타그램과 유튜브를 활용하는 방법에 대한 것이었는데, 그 강의를 들으면서 책이란 정말 오래 전 플랫폼에 최신 마케팅 법을 적용해야 하다니 참 놀랍다는 생각이 들었다.

스토리닷은 1인 출판사이다. 나는 출판사 일 말고도 매일 살림도 해야 하고 아이하고도 남편하고도 잘 살아야 한다. 그런 내가 스토리닷에 쏟을 수 있는 에너지란 정해져 있다고 본다. 조화. 일과 삶에 조화를 찾기 위해서 전 회사에서 퇴사를 했고 내 이름으로 출판사를 차리지 않았던가.

아무래도 스토리닷은 세련되게 인스타그램이나 유튜브를 하기 어려울 듯하다. 그저 하던 대로 생활에 무리를 주지 않는 범위에서 그렇게 천천히 하나하나 쌓아가다 보면 언젠가는 스토리닷만의 마케팅 색깔을 찾지 않을까 싶다.

스토리닷
글쓰기 공작소 시리즈
1

글 쓰 기
어 떻 게
시 작 할 까

읽기 + 쓰기

이정하 지음

○ 글을 잘 쓰고 싶다면　　○ 상황에 맞는 글쓰기 1. 일상생활
○ 내 글을 보다　　　　　　○ 상황에 맞는 글쓰기 2. 회사생활
○ 내 글을 고쳐보자　　　　○ 글쓰기와 관련된 질문

스토리닷

글쓰기 어떻게 시작할까

지은이 **이정하** | 펴낸이 **이정하** | 물류 **문화유통북스** | 발행일 **2016년 4월 15일** | 가격 **12,000원** | 분야 **인문** | 분량 **208쪽** | 크기 **128*188mm** | 제본 **무선제본**

을 눈이 시릴 정도로 일단 뚫어져라 쳐다보세요."
이렇게 대답하곤 한다.

　이 책에서 계속 되는 얘기겠지만 모방은 창조
의 어머니이다. 정말 "저런 글을 쓰고 싶다"고 생
각하면 그 글을 보고보고 또 봐서 닳아 없어질 때
까지 본다면 아마 키보드나 혹은 원고지에 손을
댄 순간 그와 비슷한 글을 쓰고 있을 것이다.

　그리고 어느 정도 글이 내 마음대로 쓰여진다
고 생각할 때를 그것을 공개할 곳을 찾아보라. 블
로그든, 요즘은 작가주의를 표방하는 브런치(카카
오톡에서 운영하는 블로그) 등 여기서기 어러분들
의 글을 원하는 곳이 꽤 많다. 하다못해 책을 사면
책 리뷰를 쓰면 책 내용도 정리되고, 적립금도 쌓
이니 일석이조 아닐 수 없다. 책 리뷰를 써서 유명
해진 사람으로는 <서민적 글쓰기>의 서민 교수가
있겠지. 나 역시 이 책을 쓰면서 <서민적 글쓰기>
를 읽어보았는데, 역시 '글쓰기 지속 훈련'이 있었
기에 그렇게 좋은 글들을 쓰고 있지 않나 싶다.

　영화를 좋아하는 이들이라면 영화평을 써서
관련 매체에 보내거나, 직장인들이라면 보고서나
제안서 작성에 손을 들고 참여해보는 것도 이제까

글쓰기에 관한
나만의 노트 만들기

　노트를 만들어라? 그것도 글쓰기에 관한 노트를
만들라니 이런 무려 21세기에? 그렇다. 재테크에
조금이라도 관심 있는 이들이라면 이미 알고 있듯
이 통장도 쓰임새에 맞춰 이름표를 붙여주는 게
좋다고 하지 않은가?

　돈이 있어야 만들 수 있는 통장은 아닌데 노
트 한 권에 오늘부터라도 '나의 글쓰기 노트'라고
이름표를 떡 하니 붙여보자. 그 노트에 자신이 좋
아하는 글귀를 옮겨 적어도 좋고, 하루하루의 감상
이나 쓰고 싶은 것들을 적어보자.

　처음앤 그 노트의 여백이 너무 크게 다가올 테
니 일정표로 사용해도 좋다. 얼마 전 인터넷서점
에스이십사에 MD를 만나러 갔다가 <채널예스>라
는 잡지를 발견했다. '이건 또 뭐야' 하는 생각에

위기가 기회라는 말

이 책을 쓰기 전이 스토리닷 사상 가장 고민이 많았던 것 같다. 얼마나 고민이 많았으면 친구에게 찾아가 출판사를 접을까 하는 말을 꺼내보기도 했다.

그렇다. 출판사를 차리고 책을 두세 권쯤 만들면 뭔가 달라질 줄 알았다. 그런데 웬걸, 출판사에 대한 내 기대가 너무나 컸던지 그간 만들었던 책들은 나가다 말다를 반복하고 있고, 이런 원고가 들어왔으면 하는 원고는 들어오지 않았다. 지금 생각해보면 참 소극적이었던 것 같다. 책을 몇 권 만들면 많은 사람들이 우리 책을 읽고 투고를 할 줄 알았다. 그리고 그런 원고가 괜찮을 줄 알았다.

하지만 이것은 꿈 같은 이야기이다. 이제 와 생각해보면 나는 출판사를 하기 전까지 잡지 만드는 일을 했으니 그때 쌓은 인맥을 활용해 책을 만들었어야 했다. 하지만 그때는 IT, 디자인 이런 쪽은 눈에도 들어오지 않았다. 아마도 그간 잡지를 만들면서 마음이 너무 힘들었나 보다.

《글쓰기 어떻게 시작할까》는 이렇게 제대로 된 원고가 들어오지 않아서 시작된 책이다. 제대로 된 원고가 없고 그간 책 판매도 부진해서 이대로 가다가는 굶어죽을지도 모르겠다는 생각에서 말이다.

그런데 그간 하던 일이 글 쓰는 일이어서 그랬던지 책 쓰는 일이 그다지 고되지 않았다. 아니 쓰면 쓸수록 하루하루가 재미있었다. 조금씩 희망이 생기는 것 같았다.

그때는 《글쓰기 어떻게 시작할까》《책쓰기 어떻게 시작할까》《책만들기 어떻게 시작할까》로 생각하지 않은 것 같다. 머릿속에는 있었는지 모르겠지만 이렇게 세 권으로 시리즈를 만들겠다는 생각은 하지 못했던 것을 《책쓰기 어떻게 시작할까》를 쓰면서 생각했던 것 같다.

잡지에 기사는 많이 써봤지만, 이 작은 책도 A4 60장은 써야 했기에 호흡이 몇 배는 더 긴 책 한 권을 쓰는 일은 그간 아무리 글을 많이 써봐도 힘든 일이었다. 글쓰기라는 넓은 소재에 독자 대상을 어디에 둬야 할지도 난감했다. 하지만 쓰다 보니 원고 스스로 길을 찾아가고 있었다. 참 신기한 일이었다.

그렇게 이 책 원고를 마무리할 쯤 생겨난 고민 하나. 책 디자인을 어디에 맡길까? 전작을 디자인했던 디자이너들과는 더 이상 진행할 수 없는 상황이 되자 원고가 마무리 되어도 디자이너 찾기는 계속 됐다. 급기야 후배기자에게 다시 한 번 연락하지 않을 수 없었다.

디자인 · 제작 · 마케팅
너무 큰 기대는 금물

후배기자에게 전화해서 소개받은 디자이너. 처음 얼굴 보는 자리에서는 말도 잘 통하고 디자인비도 적당했다. 게다가 디자인에 대한 아이디어도 더 내고, 본문에 들어가는 일러스트도 소소한 것은 해준다고 하니 이보다 더 좋은 디자이너는 없을 듯했다.

하지만 원고를 넘기고 얼마 후 본문시안을 보니 작업물이 많은지 첫 만남에서 나에게 했던 말들은 잊은 듯했다. 물론 책 제목을 다시 한번 생각해보라고 해서 지금처럼 짓게 됐고, 그래서 이렇게 또 시리즈로 나갈 수 있었던 것에는 무한 감사의 말을 전한다.

이 책도 그렇지만 《책쓰기 어떻게 시작할까》도 백퍼센트

내 마음에 들지 않는다. 유독 내가 쓰고 내가 만드는 책에서만 그런 마음이 더 드는 걸 보니 아마도 욕심이 더 나서 그런가 보다.

정작 작가 자기 자신은 눈에 보이지 않는 것들을 편집자 역할을 하는 사람이 봐줘야 하는데, 작가와 편집자가 같다 보니 책으로 나왔을 때는 아무래도 결과물이 덜 흡족하지 않나 싶다. 그래서 이번 책《책만들기 어떻게 시작할까》는 교정이라도 다른 사람에게 맡겨야 하나 생각중인데 이 또한 제작비 상승 요인이어서 갈팡질팡 하고 있다.

디자인, 제작, 마케팅에 대해 써야 하는데 지면에서는 말을 다 할 수 없겠다. 이 책은 시리즈를 시작했다는데 의미가 가장 크다. 만약 이 책처럼 출판사를 만들고 자기 자신이 책을 써서 완성해야 하는 책이라면 이 책처럼 큰 욕심이나 기대를 갖지 않기를 바란다. 독립출판물이 이런 경우에 속할 듯한데, 큰 욕심이나 기대는 그만큼 큰 실망을 안겨주므로 지금 이 느낌, 이런 사실을 나와 같은 사람과 공유한다는 것만으로 즐거움을 가져야 할 수도 있다.

소금나무 **김헌준** 부장

"마케팅은 책이 나온 후 하는 게 아니에요"

짧게 부장님 소개 부탁드려요.

19년 동안 안그라픽스에서 출판 마케팅 일을 했어요. 얼마 전 안그라픽스를 나와서 지금은 시간팩토리라는 회사에서 소금나무라는 출판브랜드 영업 일을 시작했어요. 그 전 직장 은 임프레스로 이곳은 제가 입사해서 출판을 시작한 곳이고요. 첫 직장은 범우사였어요. 출판 일 중 나중에 언젠가 출판사를 차리면 비즈니스의 기본은 영업이기에 출판 영업으로 일을 시작해야겠다는 생각을 했던 것 같아요.

부장님께서는 오랫동안 출판 영업 일을 하셨잖아요. 이 책을 읽는 이들은 처음 책을 만들어보려는 사람들이에요. 그런 이들에게 출판에 있어서 가장 중요한 것은 무엇이라 생각하시나요?

출판 일이라는 게 출판 전 과정에서 어떤 하나가 중요하다고 생각하지 않아요. 기획, 편집, 디자인, 제작, 영업 이렇게 많은 분야 사람들이 한 팀이 돼야 한다고 봐요. 1인 출판사 하시는 분들이 어려워하는 부분이 영업인데요. 영업은 돈과 직결되는 부분이라서 다른 사람에게 일을 선뜻 주지 못하고 직접하시려고 하는 것 같아요. 요즘 출판은 영업적 측면으로 따지면 예전보다 일이 많지 않고, 그러면 마케팅인데, 마케팅이라는 게 출판에서는 홍보에 가깝다고 봐요. 예전처럼 광고를 해서 책을 팔던 시대는 거의 지났다고 보는데요. 명확한 고객, 다시 말해서 타깃이 분명해져야 해요. 어떤 사람이 옷장사를 시작했어요. 예를 들면 나는 남성복으로 정장을 팔겠어 했는데, 남자들이 시계도 차잖아요. 또 남자들이 니트도

찾네요. 이렇게 나는 남성복 그중에서도 정장을 살 사람으로 타깃을 정했는데, 팔다 보면 이렇게 내가 생각했던 것과 달리 타깃이 불분명해질 수 있어요. 다시 출판으로 돌아와서 이를 적용해 보면 출판사가 방향성을 갖고, 그 책을 살펴보면 독자층을 좀 더 세분화할 수 있을 거예요. 이렇게 하면 마케팅 효과를 더 잘 낼 수 있기도 하고, 그렇게 몇 번 계속 하다 보면 마켓 사이즈를 키울 수 있다고 생각해요.

그동안 출판계에 있으면서 에피소드가 많았을 것 같아요. 처음 출판을 시작하려는 이들에게 도움이 될 만한 말씀을 해주세요.

거래처(서점)과 적정거리를 유지하는 것도 중요하다고 봐요. 그래서 영업하는 입장에서 식사는 해도 술자리는 안 갖는 게 좋고요. 그러고 보니 10여 년 전이었던 것 같아요. 어떤 분이 1인 출판사를 시작한다고 해서 거래처를 한 25개 정도 잡아주었어요. 그랬더니 그 대표님이 외부 활동을 하면서 어느 순간 보니까 거래처를 엄청 늘렸더라고요. 출판사 입장에서 거래처를 많이 가져가면 다 좋을까요? 이 모든 곳에서 독자들이 우리 책을 발견할 수 있으니 좋을까요? 아니면 반대로 우리 책을 예를 들어 교보문고에서만 거래한다면, 그 서점에서는 우리 출판사를 어떻게 대할까요? 다른 출판사들처럼 서점 거래를 할 필요는 없어요. 요새는 텀블벅 펀딩으로 책을 선주문 받아서 필요한 만큼만 만들어서 판매하기도 하고, 네이버 스마트스토어나 블로그에만 책을 올려 놓고 외부 판매채널을 따로 두지 않고 자사에서만 책을 판매하는 경우도 있어요. 책 판매처는 온라인서점, 오프라인서점이라는 고정관념에서 벗어나야 해요. 책에 따라서 다양한 시도가 이뤄져야 한다고 봐요. 한마디로 기존 틀을 벗어나서 새로운 시도를 해보세요. 기존 시장은 힘 있는 출판사가 다 잡고 있어서 1인 출판사들이 유명 저자를 섭외해서 책을 만들거나 책을 만들어도 시장을 움직이기에는 역부족일 때가 있어요. 그러니 책을 만들 때 책을 만드는 일에만 몰입되지 말고 이번 책은 어떻게 하면 좀 더 다르게 만들어볼까 궁리하면 좋을 것 같아요. 그리고 대략 1인 출판사(정말 한 사람이 일하는 경우) 매출이 한 달 2천만 원이 넘어서면 대표 일을 대신 해줄 직원 1명을 뽑는 게 좋아요.

영업자로서 책을 보는 방법이 따로 있을 듯해요. 책을 어떻게 보시나요?

제일 먼저 가격을 봐요. 그 다음으로는 무게, 느낌, 제작 등 만듦새를 봐요. 예를 들어 가볍게 읽는 에세이집인데 전체적으로 무거운 느낌이라면 그건 좀 문제가 있다고 봐야죠. 마케팅은 책 마지막 단계에서 책을 파는 게 아니에요. 책을 잘 팔 수 있도록 기획단계부터 책을 만드는 모든 단계에 있어서 참여해야 해요. 예전에 제가 서점을 다닐 때 그 분야 서점 담당자를 위해 서지 정보, 이 책을 찾는 사람들이 물어보는 것 등을 담은 한 페이지짜리 책 소개서를 들고 다녔어요. 보도자료는 5~6장처럼 길잖아요. 그런 것을 서점 직원에게 갖다 주면 바쁜 서점 직원들이 쳐다보기도 어렵잖아요. 출판사를 차리고 책을 만들어서 서점을 다닐 때 명함만 달랑 주지 말고 이런 것들을 같이 주면 아마 서점 직원들도 그 출판사를 기억하는 데 도움이 될 거예요.

이제 막 나만의 책을 만들거나 출판사를 시작하려는 이들이 어려워하는 것 하나가 저자 섭외예요. 이에 대해 해주실 말이 있다면 한 말씀 부탁드려요.

1인 출판사에서 한 권의 책을 낸다는 것은 한 번의 전쟁을 치르는 것이에요. 아무리 책이나 주위 사람이 얘길해줘도 한

번 두 번 경험해봐야 알게 되는 것들이 있어요. 첫 책을 내는 저자도 그렇고, 첫 책을 내는 출판사도 그렇고 대부분 앞날을 핑크빛으로만 그려요. 물론 앞 일은 그 누구도 알 수 없으니 이런 희망적인 것도 필요하지만, 첫 책을 내는 출판사는 큰 출판사에 비해 책 한 권을 내는 의미가 상대적으로 클 수밖에 없어요. 책 한 권에서 너무 큰 손해를 보면 앞으로 나가기가 어려워요. 그렇게 때문에 책 한 권을 출판할 때 조금 더 계획을 면밀하게 세울 필요가 있어요. 그리고 이 책은 무조건 잘 팔릴 거야 하면서 절대 한 권에 올인하면 안 돼요. 책에 따라서 초기 시장 반응을 보고 마케팅을 선택과 집중해서 할 필요가 있어요. 기대했던 것과 달리 시장이 반응하지 않는 책을 돈을 써서 바꾸겠다는 발상은 이미 지나갔어요. 그 비용을 다른 책에 골고루 쓰는 지혜를 발휘해야 해요. 책을 만드는 순서에 따르면 책이 나올 때 보도자료를 쓰고 작가와의 만남을 하고 그 다음에 더 신경을 쓰면 블로그나 잡지에 보도자료를 보내기도 하고 그렇죠. 항상 그 다음 뭐가 있을까를 생각해 보세요. 아이디어가 필요해요. 다른 출판사들이 생각하지 못하는 방법을 찾아내야 한다고 봐요. 남들과 다른 방법을 항상 생각해야 해요. 어떤 책이냐에 따라 다르지만 책 타깃층을 봐서 우리 독자층이 20대 쇼핑몰을 자주 사용한다면 그 쇼핑몰과 제휴하는 방법도 생각해야겠죠. 마케팅에 정답은 없는 것 같아요. 마케팅을 근 20년 해봤지만, 정답을 찾아가는 과정이 마케팅 아닐까 생각해요.

2015년

출판을 접을까 생각했다

마음

그림으로 몸과 마음을 바라보다   임시호

그림

스토리닷

책만들기 어떻게 시작할까

마음그림

지은이 **임시호** | 펴낸이 **이정하** | 물류 **문화유통북스** | 발행일 **2015년 9월 15일** |
가격 **18,000원** | 분야 **예술** | 분량 **275쪽** | 크기 **150*198mm** | 제본 **무선제본**

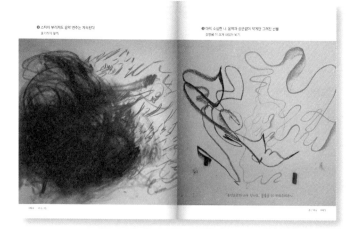

책만들기 어떻게 시작할까

마음이 조급해졌다

모든 게 미숙할 때가 있다. 《마음그림》을 만들 때가 그랬던 것 같다. 출판사를 시작하려면 두 권의 책이 필요하다는 말에 마음을 졸이면서 만들었던 두 권의 책《카메라 들고 느릿느릿》《오늘부터 논술은 엄마가 가르친다》성적이 그럭저럭하자 마음이 조급해졌다.

솔직히 돈 생각도 났다. 출판사를 만들고 싶어서 아는 사람들에게 이것저것 물어볼 때도, 막 출판사를 만들었을 때도 가장 많이 들었던 '돈' 이야기. 출판은 목돈이 들어가지만, 푼돈으로 들어온다는 얘기였다.

나는 출판을 취미로 하려고 시작한 게 아니었다. 나는 엄마이자, 아내이자, 며느리이자, 딸인 이 복잡한 역할 중에서도 나는 나로 살고 싶었다. 그러기 위해서 결혼을 하고도, 아이를 낳고도 계속 손에서 일을 놓고 싶지 않았다.

하지만 한국사회가 이런 부분에 아직도 관대하지 않다. 내 능력 탓도 있었지만, 어느 순간 아침 9시에 출근해서 퇴근은 알 수 없는 회사에 다니다 보니, 그보다 야근과 철야도 있는 회사를 다니다 보니 언제부터인가 남의 일이 아니라 내 일을 해야겠다는 생각이 들었다.

그래서 어렸을 때 꿈 중 하나인 출판사를 떠올렸다. 작게, 되는 만큼, 아이도 돌보고, 살림도 하면서 일할 수 있는 게 참 좋았다. 물론 누구랑 회의를 할 수도 없고 그래서 판단에 따른 결론은 모두가 내가 책임져야 한다는 것과 때론 점심시간에 맞춰 우르르 몰려다니면서 점심 메뉴를 고르고 싶어지기도 했다.

내가 좋아서 시작한 출판사가 책 두 권을 내고 아니 이 책 《마음그림》을 내고 심각한 고민에 빠지지 시작했다. 1인 출판사 장점은 개인회사이기 때문에 대표 개인의 취향이 많이 반영될 수밖에 없다. 이 책은 그 장점이 결국은 단점으로 적용된 사례였다.

《마음그림》을 만들 때 드로잉 붐이 일었다. 트렌드는 약간 빨리 타는 게 좋다. 그런 면에서《마음그림》출간은 시기적으로 조금 늦은 감이 있다. 그리고 결정적으로 이 책을 어떻게 꾸릴지 전문 영역이라 해서 너무 작가 의존도가 높았던 것 같다. 그런 면에서 편집자 역할은 어떤 상황에서도 자기 역할을 해내야 한다. 내 책 밖에 보이지 않는 사람이 작가다.

게다가 첫 책을 내는 작가는 굉장히(?) 위험하다. 이 말은 앞에서도 했던 것 같은데, 초판 발행부수 1천부, 이 정도는 아주 쉽게 다 팔릴 줄 알기 때문이다. 이렇게 자기만 생각해서는 책을 내고 보면 후회스럽다.

이런 작가 눈을 분산시키는 역할을 하는 게 편집자라고 생각한다. 어느 책에서 읽은 것처럼 편집자는 대표독자다. 그런 면에서 편집자란 얼마나 위대한지. 특히 우리 출판사처럼 1인 출판사인 경우 그 1인이란 편집자도 됐다가, 독자 관리도, SNS 관리도, 경영지원도 해야 하니 말이다.《마음그림》이야기를 하다가 옆길로 많이 샜다. 결국 스토리닷 책 중 이 책이 가장 많은 교훈을 준 책이다.

디자인·제작·마케팅

책도 종합예술이다

위에서는 편집자 예찬을 해놓고 몇 장 넘기니 편집자 출신으로 출판사를 만들면 돈이 많이 든다고 적으면 누구 말대로 될까? 안 될까? 그런데 이 말은 맞는 말이다. 디자이너가 출판사를 차리면 디자인이라도 하고, 마케터가 출판사를 차리면 책을 잘 팔 가능성이 크지만, 편집자가 출판사를 차리는 일은 가장 흔하다 정도다.

첫 책을 내는 저자 중 자신 생각을 출판사와 절충하지 못하고 자기 책인데 왜 자신이 생각한대로 만들지 못하느냐는 식으로 커뮤니케이션을 하는 분들이 있다. 이렇게 자기 고집이 센 분들이야 말로 독립출판을 해야 한다고 본다. 자기 자신 이름으로 책이 나오지만 그 책은 작가 자신만 만들어내는 책이 아니다. 비용적인 측면에서 보면 출판사가 가장 많은 비용을 쓴다. 물론 판매에 대한 책임을 작가가 백퍼센트 질 수 있다면 그건 또 상황이 달라질 수도 있겠다.

차근차근 풀어보자. 이 책을 만들면서 인쇄소를 바꿔야겠다는 생각도 들었다. 얼마 전 지인 중 그림책 출판사를 창업하고 싶다는 분에게도 설명한 바 있지만, 창업한다고 해서 규모가 작다고 해서 1인 출판사라고 해서 외주 거래처를 작은 곳만 선택할 필요가 없다.

이 책을 만들 때까지만 해도 지인 소개로 모 인쇄소와 거래를 했다. 몇 번 인쇄소를 드나들어도 그 인쇄소 사정을 다 알지 못한다. 만약 단행본 위주의 출판사를 시작한다면 그

인쇄소가 단행본을 주력으로 하는지 물어봐야 한다. 언제부터 단행본 위주의 인쇄를 했고, 주 거래처(어떤 출판사와 주로 일을 하는지)는 어디인지 정도는 알아두고 시작하는 게 좋다.

여윳돈이 없다고, 거래액이 미비할 것 같다고 해서 미리 겁먹을 필요는 없다. 작은 출판사가 큰 인쇄소와 일할 때는 인쇄비 일부를 선금으로 받기도 한다. 큰 인쇄소 장점은 시스템이 잘 갖춰져 있고, 기계도 좋을 확률이 크다. 만들려고 하는 책이 올컬러 인쇄이거나 컬러에 영향을 많이 받는 그림책, 아동물 출판을 할 경우는 어정쩡하게 작은 인쇄소보다 큰 인쇄소에서 하는 것이 제작비나 결과물이 잘 나올 가능성이 크다.

《마음그림》에 거는 기대가 컸다. 그래서 사양을 최대한으로 잡았다. 표지 수입지에, 올컬러에 물론 디자인비는 그렇지 않았다. 왜 그랬는지 지금도 참 오리무중이다. 그런데 그렇게 돈 많이 들인 수입지가 문제였다. 제일 처음 받아본 책은 표지 화이트 부분이 얼룩덜룩했다. 종이가 덜 마른 상태에서 제본을 하고 책을 쌓다 보니 생긴 일이었다.

인쇄 사고. 첫 번째 인쇄 사고. 지금까지 출판사를 하면서 인쇄사고는 두 번 있었다. 한 번은 지금 거래하고 있는 인쇄소에서, 다른 하나는 이 책을 만들었던 인쇄소에서. 대처법은 참 극과 극으로 나뉘었다. 누군가 말씀해주셨다. 출판사를 하면서 인쇄사고는 늘 있는 법이라고. 하지만 이를 인쇄소에서 어떻게 대처하는가에 따라 그 인쇄소와 계속 거래를 할 것인지, 말 것인지 결정하는 것이라고.

《마음그림》을 만들었던 인쇄소는 그 대처를 제대로 하지 못했다. 아니 내가 출판을 시작한지 얼마 되지 않았다는 이유로 어물쩍 인쇄사고를 넘어갔다.

여하튼 제작사양이 높아질수록 책값은 높아짐으로 그만큼 책을 많이 팔아야 한다는 꽤나 부담스런 이야기 결말을 가져온다고 말씀드리고 싶다.

2014년

내 출판사를 차려서
책을 낸다는 것

오감놀이와 실습으로

논술에

개정판 재미를 붙이는

20가지 법칙

최지윤 지음

오늘부터
논술은
엄마가
가르친다

**초등학교 1학년 우리 아이 논술
어떻게 시작할까?**

서울시 어린이도서관, 아이를 둔 부모,
논술 선생님들이 선택해주셨습니다!

서울시
어린이도서관
추천도서

오늘부터 논술은 엄마가 가르친다

지은이 **최지윤** | 펴낸이 **이정하** | 물류 **문화유통북스** | 발행일 **2014년 6월 26일** |

가격 **14,000원** | 분야 **인문** | 분량 **208쪽** | 크기 **148*210mm** | 제본 **무선제본**

생각은 하지만
말로 표현 못하는
아이를 위해

일상 대화에서
논리를 잡아라

- 게임 1

- 게임 2

- 꼭 알아야 할 원고지 쓰기 방법

표지와 제목 정하기가 어렵다

출판사 선배들이 말하길 책은 표지와 제목이 거의 전부라고 말하곤 하셨다. 그럴 때마다 설마 했는데, 왜 이런 말을 했는지 이 책을 만들면서 알게 된 것 같다. 내가 깨우친 이 말뜻은 처음엔 표지와 제목이 책 판매에 있어서 가장 많은 비중을 차지한다는 말이었지만, 물론 이런 뜻도 있지만 그만큼 표지와 제목 정하기가 어렵다는 뜻이다.

우리 출판사는 작가로부터 원고가 다 나오면 교정교열, 때로는 윤문을 보고 다 된 원고를 작가에게 보내서 이렇게 책으로 내도 되겠냐고 물어본 후 디자이너에게 원고를 넘긴다. 그러면 디자이너는 일주일 안에 편집회의를 통해 나온 결론으로 본문시안을 잡는다. 본문시안을 출판사와 작가가 본 후 그대로 할 것인지 수정할 것인지 의논한 후 전체 원고를 편집해서 첫 번째 교정교열을 보게 된다. 출판사와 작가와 동시에 교정교열을 보는 경우도 있고, 출판사 먼저 교정교열을 본 후 작가에게 보내는 경우도 있다.

예전에는 교정지를 뽑아서 교정지에 교열을 봐서 작가에

게 보내기도 했으나, 여러 이유로 지금은 인디자인 프로그램의 메모 기능을 활용해서 교정을 보는데, 교정교열 사항이 많지 않은 경우는 두 번째 교정교열까지만 교정지로 뽑아서 보곤 한다. 다음부터는 화면으로 그 전 교정교열 사항이 잘 반영됐는지부터 확인하고 다음 교정교열까지는 전체 원고를 다 읽으면서 교정교열을 보곤 한다.

정해진 교정교열 횟수는 없다. 적게는 4, 5교에 끝나는 경우도 있고 많게는 6교가 넘어서도 끝나지 않는 경우도 있다. 그러니 이런 진행에 수고로움을 덜기 위해서라도 원고를 잘 써야 한다. 더불어 어떤 작가들은 원고 교정교열은 출판사 몫이라는 생각으로 대충 보고 넘겨주곤 하는데, 이런 행동은 책은 자신 이름으로 나온다는 사실을 다시 한번 생각하는 게 좋다.

《오늘부터 논술은 엄마가 가르친다》 제목 하나로 표지와 제목 교정교열 이야기까지 나갔다. 이 책은 제목도 제목이었지만 제목에 논술이라는 비교적 전문적인 단어를 넣을지 말지 굉장한 고민을 던져준 책이었다. 하지만 작가님이 논술이라는 단어를 꼭 넣어야 한다고 해서 넣게 되었다.

이렇듯 어떤 목적에 의해서 꼭 넣어야 하는 단어는 작가와 출판사 상의하에 판단하는 게 좋다. 반면 이 책의 아쉬운 점이 몇 가지 되는데, 출판사로서는 실용서에 가까운 책들을 어떻게 만들어야 하는지에 관한 것을 배울 수 있었던 기회가 되지 않았나 싶다.

처음 출판사를 시작하려는 사람들은 책으로 낼 원고가 내 손에 없다는 것에 큰 불안감을 느낀다. 그럴수록 투고나 지인으로부터 받은, 특히 책을 처음 쓰는 작가 책은 다시 한번 생각해보길 바란다. 이유는 출판사도 이제 시작이고, 작가도 이제 시작하는 단계라면 결론이 그렇게 밝은 가능성이 그리 크지 않기 때문이다.

디자인 · 제작 · 마케팅
저자가 책과 관련된 꾸준한 활동을
할 사람인가

이 책(이미지로 들어가 있는 책은 개정판이다)과 뒤이어 나올 스토리닷 첫 책을 같은 디자이너가 맡아서 했다. 그 디자이너를 만나게 된 것은 전 직장에서였다. 그러고 보면 월급 받는

책만들기 어떻게 시작할까

회사는 창업을 위한 좋은 발판을 마련해주는 셈이다. 회사에 다닐 때 앞으로 하고 싶은 일과 관련된 일을 최대한 많이 해보는 게 좋다. 나 역시 잡지사를 다니다가 기회라 생각하면 기회지만 타 부서로 발령이 나서 나의 거의 모든 30대를 다 차지했던 그곳을 나와 단행본을 하는 출판사로 옮겼다. 이직을 결심한 가장 큰 이유는 출판을 경험해볼 수 있어서였다.

그동안 만들어 왔던 잡지는 전문지라고 해도 스무 명 가까이 함께해야 나올 수 있는 매체였다. 그만큼 그 잡지를 이끄는 사람으로서 부담감이 컸다. 야근이 아닌 마감 때마다 철야도 있는 회사에서 늦은 결혼에 얻은 아이 얼굴이나 볼 수 있을지 하루하루가 불안했다. 이제야 알겠다. 좋지 않은 것은 좋은 것과 함께한다. 반대로 좋은 때, 잘 나가는 때를 조심해야 한다. 이때 심정을 지면에 다 옮기긴 힘들 것 같다.

때마침 옮길 수 있는 자리가 있어서 그나마 다행이었다. 그리고 그곳은 내가 그렇게 하고 싶었던 책을 주로 만드는 곳이라지 않던가. 딱 이것만 좋고 나머지는 그다지 마음에 들지 않았지만, 출근을 하기로 마음 먹었다. 그래서 처음 본격적으로 접해본 출판. 아, 그리고 보니 잡지사를 다니면서도 출판을 한 권 정도 해본 것 같다. 그런데 그때는 취재원 중 책을 내고 싶다고 해서 몇 번 만났더니 몇 달 후에 원고를 다 써서 가져온 경우였다. 그야말로 잡지 연재물을 한꺼번에 받는 것처럼 그렇게 교정을 보고 디자인팀에 넘겨줬다. 나머지 일은 잡지 일정 때문에 옆에서 거들었던 기억만 남는다.

그래서 이직한 그곳에서 책만들기를 나 혼자 했다. 출판을 하다가 그만 둔 곳이어서 주문을 받아주는 분은 따로 있었다. 계산서를 발행해주는 분도 있었던 것 같다. 그럼 나는 무슨 일을 했었나 하면 크게는 작가 발굴과 관리, 원고를 보는 일, 외부 디자이너와의 커뮤니케이션이었다.

이 회사에서는 1년 정도 있었는데, 하다 보니 원고는 늦게 나오고 그러다 보니 월급은 받아야 하고 눈치가 보여서 그랬는지 출판과 관련되지 않은 이런저런 일을 하고 있는 나를 발견했다. 1년 딱 출판 경험을 월급 받고 해보고 3개월 정도 있다가 지금의 스토리닷을 차리게 됐다.

이야기가 길었지만 이 책 《오늘부터 논술은 엄마가 가르친다》 디자인은 그 1년 다녔던 출판사에서 만났던 디자이너였다. 당시 굉장히 큰 출판사에 다니고 있었고 디자인 아니 편집디자인에 대해 잘 알지 못했던 나는 이 디자이너를 전적으로 신뢰할 수밖에 없었다. 다행히 출판사에 필요한 로고도

서비스로 이 디자이너가 만들어줬다. 회사 로고는 지금도 참 마음에 든다. 그러고 보면 회사이름인 스토리닷도 그 전 잡지사에서 썼던 아이디에서 가져왔다. 출판사로 시작하지만 앞을 위해서 너무 출판사스럽지 않은 이름이길 바라서 스토리닷이란 이름을 썼는데, 주위 반응이 좋았다.

다시 책으로 돌아오면 《오늘부터 논술은 엄마가 가르친다》는 3년 후 개정판을 내게 됐다. 처음 낼 당시에는 초등 논술이라는 조금 큰 범위로 접근했다면 개정판 때는 초등 저학년에 초점을 맞췄다. 지금 생각하면 그렇게까지 개정판을 낼 정도까지는 아니었다는 생각이 든다.

역시 책을 낸 작가는 몇 년이 흘러도 그 책과 관련된 활동을 해야 책 수명이 길다. 책을 낼 때만 몇 달 반짝 하고 활동을 하는 것은 책 수명을 짧게 하는 가장 큰 요인이다. 그렇다고 출판사가 무릎팍도사도 아니고, 그 작가가 얼마만큼 책과 관련된 활동을 할 것인지 알아본다는 것은 참 어려운 문제일 수 있다. 그러니 적어도 그 책 분야와 직결된 경험을 10년 이상 꾸준히 한 사람의 원고를 살펴야 할 것이다.

카메라
들고

느릿느릿

필름카메라로
10년동안 담은
그사람의
사진과 짧은 글

그사람

스토리닷

책만들기 어떻게 시작할까

카메라 들고 느릿느릿

지은이 **그사람** | 펴낸이 **이정하** | 물류 **문화유통북스** | 발행일 **2014년 3월 29일** |
가격 **13,800원** | 분야 **예술** | 분량 **240쪽** | 크기 **148*210mm** | 제본 **무선제본**

Thanks,
LOMO

두근거리는

첫

컷

출판사 첫 책

출판사가 낸 첫 책을 만난다는 것은 어떤 의미일까? 요새 동네책방 중 초판서점이란 곳도 생겼단다. 아직 책을 스무 종쯤, 많이 만들어보지 못한 나에게 초판이란 기쁨과 부끄러움 그 자체이다. 기쁨은 출판사를 차리고 첫 책을 냈을 때 더 했다. 오매불망 기다리고 기다리던 내 출판사에서 나온 첫 책이라니.

하지만 그 기쁨도 잠시 초판에서만(?) 볼 수 있는 실수를 볼 수 있어서 부끄러움이 들었다. 그래서 언제부터는 초판 부수를 더 늘려보라는 주변인들 말에도 불구하고 초판 부수를 늘이지 않는 것은 꼭 책을 내고서야 보이는 실수들 때문이다.

출판사를 차리는 것은 비교적 다른 창업에 비해 어렵지 않다. 아직 출사명으로 등록돼 있지 않은 출판사명을 하나 짓고 구청에 가서 출판등록을 한 다음 출판등록이 된 후(거의 일주일 정도 흐른 다음) 세무서에 가서 사업자등록을 하면 된다. 사무 공간이 따로 있지 않아도 된다. 나 역시 처음 출판등록을 신혼집으로 했다.

　서류상으로는 참 쉬운 출판사 창업일지라 해도 실제로 출판사를 차렸다고 말하려면 책이 나와야 한다. 책은 호흡이 짧은 독립출판물이라 해도 기획, 편집, 디자인, 제작, 마케팅이라는 단계를 거쳐야 한다. 그러므로 책을 만드는 시간이 필요하다.

　책을 만드는 시간이라고 하니 1인 출판사에게 적당한 책을 만드는 시간은 어느 정도일까? 스토리닷은 2019년 현재 6년차로 정말 나 혼자 책을 만드는 1인 출판사이다. 1인 출판사라 해도 그 출판사 대표를 포함해 세 사람까지의 규모를 1인 출판사라 칭한다고 한다. 지금 스토리닷은 어느 정도 틀이 마련된 것 같다. 2019년 올해 처음으로 두 달에 한 권꼴로 총 6권을 만들려고 했으나 지금 이 책《책만들기 어떻게 시작할까》가 약간 더디게 나올 듯하다. 이 6권이라는 종수는 큰 출판사에서는 한 달에 나오는 분량에도 모자랄 수 있지만, 1년 총6권을 만들기 위해 올해는 정말 나 스스로도 열심히 살았다. 두 달에 한 권꼴로 책을 만들기 위해서 지난해 찬바람이 불 때부터 거의 매일 밤 올해 출간 리스트를 쓰고 지우고 쓰고 지우고 했던 것 같다. 책을 낼 수 있는 가능성이 있는 사람들은 모두 리스트에 올려놓고 책에 맞는 출간 일정을 짰다.

스토리닷 대표작가라 하면 최종규 작가님을 들 수 있다. 이런 분들은 늘 연락을 하고 지내고, 이렇게 출간 리스트를 작성할 때는 따로 연락을 드려서 출간 예정작에 대한 이야기를 나눠 놓으면 한결 리스트 작성이 수월해진다. 출판사는 출간 리스트가 사업 계획서이다. 애초 계획한 대로 책이 나오는 게 출판사에서는 그 무엇보다도 중요한 일이기 때문이다.

처음 출판사를 차리고는 자신이 출판사를 차렸음을 가족은 물론 지인에게 알리고 지인 너머에도 알리기 위해 SNS에 알리는 것이 좋다. SNS 하니까 나도 페이스북을 초창기 때부터 써서 개인으로 페이스북을 하는 것은 자연스러웠는데, 스토리닷이란 이름으로 페이스북 페이지를 열어서 하려니 몹시 어색했다. 어떤 이야기를, 어떤 분위기로, 어떻게 올려야할지 난감해 했을 때 잡지를 오래 했음을 아시는 SNS 전문가님이 페이스북 페이지를 잡지라 생각하고 구성을 해보라해서 완전 공감갔던 기억이 난다. 여하튼 앞에서도 얘기했지만 자신이 즐겨하는 SNS 채널 중 하나를 회사 이름으로 열어서 독자들과 지속적인 소통을 하길 바란다.

그사람 님의 《카메라 들고 느릿느릿》은 스토리닷 첫 책이라는 데 의미가 크다. IT, 디자인 베이스의 잡지를 했던 내가 그간 그쪽에 너무 신물이 나서 이런 예술 분야에 끌렸는지도 모르겠다. 그사람 님도 잡지를 하면서 알게 된 분이다. 이제야 생각난다. 40대는 그간 만났던 사람으로 비즈니스를 하는 것이라고.

그 말을 처음 들었을 때는 사람을 이용한다는 생각이 들어서 그리 좋은 말로 들리지 않았는데 나 같은 경우 30대 때 잡지를 하면서 쥐꼬리만한 월급에도 계속 꿋꿋하게 버틸 수 있었던 것은 잡지라는 한 달 열심히 땀 흘려 노력하면 손에 쥘 수 있는 매체와 수많은 사람들과의 만남이었다.

30대 때 왜 그렇게 그 회사에 충성 아닌 충성을 했는지 어떨 때는 조금 후회될 때도 있지만, 그렇게 하지 않았다면 지금 어떻게 됐을까도 생각해본다. 누구는 그렇게라도 했으니 네 이름으로 된 출판사라도 하고 먹고 사는 것이라는 아주 현실적인 이야기를 들려주기도 하지만 말이다.

책만들기 어떻게 시작할까

동네책방이 막 선을 보이기 시작했던 때

《카메라 들고 느릿느릿》은 스토리닷의 첫 책이다. 첫 책을 사진책으로 시작한다는 것은 그때는 잘 몰랐지만, 그쪽에 깊이 알거나, 앞으로 사진책이나 혹은 사진책과 같은 예술책을 계속 낸다거나 그도 아니면 책 판매에 대한 믿는 구석이 있을 때에나 가능하다는 것을 알게 됐다.

물론 모든 일에 그렇게 치밀한 적 없는 나는 출판사 첫 책을 사진책 그것도 사진 찍는 방법이 아니라 사진에세이집을 냈다. 참 무모해서 차라리 아름다운 20대도 아니고 이미 내 나이는 지극히 현실적이어야만 할 40대를 막 시작하고 있을 때였다.

오기였을까? 아니면 그 전 직장에서의 타이틀을 생각해서였을까? 책 디자인은 무조건(?) 예뻐야 한다고 생각했다. 다행히 퀄리티 좋은 디자이너를 만나서 10년 동안 찍은 사진 데이터를 넘겨주고 디자이너가 먼저 사진을 선택하면 원고를 쓰고, 제목을 달았던 기억이 난다.

만들다 보니 글이 필요한 사진과 그렇지 않은 사진도 있어서 사진만 있는 페이지들도 꽤 많았다. 이 또한 나쁘지 않았다. 그래도 뭔가 중간에 한번씩 팁도 넣어주면 좋을 것 같아서 카메라 선택하는 방법과 같은 약간의 정보성 페이지도 함께 실었다.

큰 출판사에서 주로 표지만 잡던 디자이너는 부업으로 하는 작업에서 책을 처음으로 만드는 출판사와 일하면서 10년 동안 찍은 이런 어마어마한 분량의 사진을 들여다 보며 무슨 생각을 했을까. 지금에서야 이 책《카메라 들고 느릿느릿》은 작가도 아니고, 출판사도 아니고, 디자이너 힘이 가장 많이 들어간 책이라는 생각이 든다.

책 디자인은 정말 예쁘게 나왔다. 기존 사진책이라고 하면 양장본에 검정색 일색의 무거운 느낌의 책에서《카메라 들고 느릿느릿》은 20, 30대 여성이 좋아할 만한 새로운 사진책이라고 할까? 첫 책 기념으로 엽서도 만들어서 인터넷서점을 중심으로 엽서 증정 이벤트를 했다. 지금 같았으면 이런 이벤트를 했을까? 인터넷서점용으로 엽서 증정 이벤트를 하려다가 배본을 하고는 그만 기운이 쏙 빠져서 '쓸데없는 짓은 그만해야지, 책으로 승부를 봐야지'와 같은 여러 생각을 하다가 그만 두고 말았을 것이다.

《카메라 들고 느릿느릿》은 중쇄를 찍지 못했지만, 개정판을 내고 싶을 정도로 다시 봐도 좋은 책이다. 그때는 엽서 말고 전시와 강좌에 공을 들이고 싶다. 아, 그러고 보니 그 옛날에도 야심차게 책소개 영상도 만들어서 유튜브에도 올렸던 기억이 난다.

그때부터 지금까지 책 영상을 만들어서 유튜브에 계속해서 올렸다면 지금쯤 볼만한 게 많았을 것 같은데, 홍보 채널은 항상 고민이다. 참, 첫 책이라고 이것저것 시도를 많이 해본 《카메라 들고 느릿느릿》. 이때부터 동네책방 하면 떠오르는 모 책방도 생기고 전국에 동네책방이 여기저기 생겨나기 시작했다. 그 모 책방에서 전시도 했던 기억이 난다.

예림인쇄 **김주헌** 대표이사

"기본적인 제작 지식은 알고 있어야 해요"

짧게 대표님 소개 부탁드려요.

한창 일을 할 때는 우리 애가 어떻게 크는지도 몰랐어요. 하루에 한 3시간밖에 못잤던 것 같아요. 손에는 항상 메모장과 볼펜을 갖고 다녔고요. 그만큼 인쇄를 연구하다시피 했어요. 처음에는 상업인쇄를 전공해서 출판쪽을 전혀 모르다가 모 회사에 들어가서 출판 일을 배우기 시작했어요. 그러다가 1993년 6월 서른세 살 어린 나이에 원효로에서 예림인쇄를 시작했어요. 남이 잘 찍지 못하는 표지 전문 인쇄소로 이름을 날리자 생각하고 거기에 맞는 인쇄기계를 샀어요. 그때는 찍었다 하면 만 부 단위로 인쇄하던 때였어요. 그만큼 제가 인쇄소를 차린 때가 출판시장이 한창일 때여서 시기가 잘 맞아 떨어진 것도 있지요. 그렇게 하다가 창비, 영진닷컴이 합류하면서 예림인쇄가 커졌죠. 그래서 몇 번의 이사를 통해서 작년에 지금 이 자리에 예림인쇄 사옥을 4층으로 짓고 둥지를 틀었죠.

이 책을 읽는 이들은 처음 책을 만들어보려는 사람들이에요. 그런 이들에게 가장 중요한 것은 무엇일까요?

자신에게 여러 번 물어봐야 해요. 내게 몇 번을 물어보고 내가 오케이 하면 그때 시작해야 해요. 철두철미하게 생각해서 이 정도면 되겠다 싶을 때, 자신 있을 때 하는 것이지, 할 것 없어서 출판 한다 그러면 이쪽 시장을 아예 쳐다보지도 말아야 해요. 예전에 비해 출판이 지금은 영업, 도매, 수금 체제도 많이 바뀌었어요. 1인 출판사 시대라 말할 정도로 1인 출판을 하는 사람들이 늘어났지만 그만큼(공급자가 많아진 만큼) 책을 잘 만들어야 그나마 그 많은 출판사중에서 자신 출판사와 책을 알릴 수 있다고 봐요. 때문에 그 출판사 이미지를 정하는 첫 책 시장 반응이 좋지 않다면 앞으로도 어려워요. 첫 책이 굉장히 중요해요. 1인 출판사라는 작은 출판사이지만 그만의 강점을 내세워 출판 시장 안에서 인지도를 높여야 해요. 옛날에는 영업자 출신이 출판사를 많이 하려고 했고, 지금은 편집자, 디자이너가 창업을 하려고 해요. 예전에는 책을 밀어내기식으로 내기만 하면 어쨌든 수금을 할 수 있었어요. 그때는 영업자들이 책 판매와는 별개로 수금을 해오던 시기였어요. 하지만 지금은 그렇게 하지 못하죠. 지금은 기획이 안 되면 출판이 안돼요. 그렇기 때문에 1인 출판사를 차릴 때 정말 심사숙고해야 해요. 출판이 쉬운 일이 아니에요. 시장 역시 절대 만만하게 봐서도 안되고요.

그동안 책을 만들면서 에피소드가 많았을 것 같아요. 처음 출판을 시작하려는 이들에게 한 말씀해주세요.

출판사와 인쇄소 관계가 정말 인간적인 만남일 때 기쁘고, 우리 인쇄소에서 찍은 책이 중·베스트가 되면 정말 기쁘죠.

책만들기 어떻게 시작할까

출판이 어떻게 보면 돈을 벌기 어렵지만, 쉽기도 해요. 다만 돈을 지키기가 어려워요. 경영이 어려운 거죠. 또 책을 잘 만들려면 제작 역시 어느 정도는 알아야 해요. 제작비, 디자인 비가 어떻게 어느 정도로 나오는지 아무것도 모르고 책값을 정할 수 없어요. 견적서를 받으면 견적서를 볼 줄 알아야 해요. 모른다면 저희 같은 인쇄소에 물어보세요. 스토리닷도 1년에 오천 부 정도 팔릴 책이면 1쇄에 이렇게 적게 찍으면 안돼요.

이 책을 읽는 이들은 책을 만들어보고 싶다거나 작은 출판사를 시작하려는 사람들입니다. 오랫동안 출판계에 몸 담고 계신데, 규모가 큰 출판사에 비해 작은 출판사의 장점은 무엇이라 생각하시고 이를 어떻게 펼쳐나가야 한다고 보시는지요.

작은 출판사 장점이라 하면 인건비가 적게 나가고, 움직임을 빨리 가져갈 수 있죠. 1인 출판사로 1년에 잘 하는 출판사가 10권을 만들어요. 못해도 6권은 만들어야 해요. 그래야 먹고 살아요. 하지만 이렇게 만들기에 원고가 없다고 하는 곳도 많은데, 방안에 있다고 자신을 알아주지 않아요. 자신을 드러내든, 출판사를 드러내든 마구 드러내야 해요. 여기저기 자신이 속한 곳이나 관심 있는 곳에 얼굴을 내밀어야 해요. 그리고 국내 베스트셀러 작가는 큰 출판사가 다 잡고 있으니 해외 좋은 책을 먼저 찾아서 출판하려면 영어 정도는 능통해야 한다고 봐요. 좋은 작가인데 숨은 책은 내가 찾아야 해요. 저는 해외도서전에 영어를 못하면 나가지 말라고 해요. 그게 여행 가는 것이지, 계약하러 가는 것은 아닌 것 같아요.

수많은 출판사의 책을 만들다 보니 자연스럽게 출판 흐름도 접하실 듯해요. 앞으로의 출판에 대해 한 말씀 부탁드립니다.

시대 흐름을 정리하자면, 90년도에는 장르별로 보면 판타지, 만화, 전문 수험서, 연애소설이 인기 있었죠. 2000년도에는 위로, 감성 코드가 유행인 것 같아요. 지금은 독자들 수준이 굉장히 높아요. 꼭 필요한 책 이외에는 안봐요. 그래서 책 퀄리티가 굉장히 높아졌어요. 독자들이 무엇을 원하는지 출판사가 빨리 파악해야 해요. 가만히 앉아서 세상을 읽으려 하면 안돼요. 안팎으로 열심히 노력해야 해요. 28년 동안 제가 인쇄소를 해왔지만, 요즘은 이것이다 딱 말하기가 어려운 시대인 것 같아요. 그래도 뿌리가 튼튼하면 나무가 흔들리지 않아요. 겉모습에 너무 현혹되지 말고, 그래도 책은 내용이에요. 그 내용을 잘 보여줄 SNS 활동도 잘 하시고요. 1인 출판사로 시작을 한다면 1년에 최소 6종을 내보고, 4년 안에 승부를 내려고 해봐요.

스토리닷 10주년을 꿈꾸며

혼자 걸어가는 건

슬픔 꿈을 꾸는 건

외롭고 아파도

포기할 수가 없다

때론 무너져 가고

깊게 상처받을 날 알지만

태양처럼 뜨거운 내 삶을 놓을 수 없다

해가 뜨기 전 오늘을 위로하곤 해

내일은 맑게 물든 하늘 아래서

미소 짓는 나를 보게 되리

_〈보좌관 2〉OST, 더원, 놓을 수 없다

2019년 가장 재미있게 본 드라마는 아마도 〈보좌관 2〉인가 봅니다. 〈보좌관 3〉가 나오면 좋겠다는 생각이 들곤 했는데, 아이를 데리러 가는 길에 제 입으로 "혼자 걸어가는~"이라고 노래를 하고 있더라고요. 그래서 이게 무슨 노래지 하는 생각이 들었는데, 나중에 찾아보니 〈보좌관 2〉에 나왔던 노래더군요.

더원이라는 가수 노래 부르는 스타일이 너무 힘이 들어가 있어서 노래를 잘한다는 생각이 들어도 그렇게 좋아하지는 않았는데, 이 노래만큼은 조용필 님의 '킬리만자로의 표범'이나 프랭크 시나트라의 '마이 웨이' 같은 느낌이 나더라고요.

여하튼 밤늦도록 이 책 교정지를 볼 때면 낮은 소리로 이런 노래들을 들었던 것 같아요. 그러면서 1인 출판사를 하는 이 길은 나에게 숙명이 아닐까 하는 생각도 해보았어요. 또 그러면서 참 나란 사람은 이렇게 출판에 대해 하나도 모르고 어쩌다가 출판사를 열었는데, 또 이렇게 좋은 사람들을 만나서 이렇게, 이만큼이나 책을 내고 있는 걸까? 참 감사한 마음뿐이었습니다.

그렇습니다. 이 책은 1인 출판사로서 5년 동안 겪은 기쁨과 슬픔 그리고 알게 된 것들입니다. 이 책이 나오는 때가 되면 스토리닷은 출판등록을 한 지 7년째를 맞습니다. 7년째 스토리닷은 어떤 모습일까요? 인쇄소 사장님 말처럼 1인 출판사는 1년에 6권에서 10권은 만들어야 한다는데, 과연 2020년에는 책을 10권 정도 만들 수 있을까요?

스토리닷 10주년 때 《책만들기 어떻게 시작할까 2》를 내놓고 싶다는 생각이 이번 책을 쓰고 만들면서 들었습니다. 그때까지 잘 걸어가려면 여러분들의 사랑이 필요합니다. 저 잘 할 수 있겠죠? 이 책을 읽는 여러분도 잘 할 수 있으리라 봅니다. 우리 이제 이 길을 놓을 수 없으니까요. 고맙습니다.

Q&A

❶ 출판사를 차리려면 돈이 어느 정도 필요한가요?

저는 창업자금을 따로 마련하지 못한 채 출판사를 시작했어요. 하지만 책을 만든 다음 달까지 줄 종이인쇄비와 디자인비 정도는 갖고 있었던 것 같아요. 인세는 첫 책이었던 그 사람님과 이야기해서 지급 일정을 따로 정했고요.

출판사를 시작하면 책을 내지 않아도 고정비가 발생해요. 물류비(창고비)도 매달 내야 하니 만만치 않아요. 만약 사무실을 별도로 쓴다면 이 또한 매달 월세를 내야 하겠죠. 출판사를 시작하면 몇 개월간 아니 몇 년 동안은 자신이 일한 수고비를 갖고 가지 못할 수 있어요. 매달 나가는 비용을 최소한으로 낮춰놓은 게 좋아요. 하지만 각자 일하는 스타일이 다르니 사무실 여부나 물류를 어디로 쓰느냐 등은 이게 정답이라고 말씀드리긴 어렵네요.

돈에 관해 말씀드릴 것은 만약 어느 정도 자금 여유가 있으면 적더라도 이건 창업자금이라고 생각하고 회사 통장에 따로 넣고 관리를 하는 게 좋을 것 같아요. 그래야 나중에 내가 책을 내서 이만큼 돈을 쓰고, 이만큼 돈을 벌었구나 하실 거예요.

❷ 분야를 꼭 정하고 시작해야 하나요?

이 질문이 출판사를 하기 시작하면서 가장 많이 받았던 질문 같아요. 물론 출판사를 시작할 때 분야를 딱 정하고 시작하면 아무래도 출판사나 출판사 브랜드를 알리는데 더 좋아요. 책을 만들고 만나는 각 서점 구매과 담당자나 MD를 만날 때도 좋고요.

하지만 굳이 그 이유로 특정 분야를 꼭 정할 필요는 없다고 생각해요. 만들다 보면 '아, 내가 잘 만들 수 있는 책은 이런 분야구나' 하는 생각이 들 거예요. 그래도 어떤 출판사를 만들고 싶다는 것은 마음속으로 정해두는 게 좋겠죠. 제가 만약 지금 출판사를 시작한다면 어떤 출판사를 만들 것인지도 정하고, 분야도 정하고, 출간 간격도 정해 놓고 시작할 것 같아요.

하지만 이렇게 다 정하기까지가 시간이 많이 걸리니 저처럼 일을 시작하고 차츰 정하는 것도 그리 나쁘지 않다고 생각해요. 우스갯소리지만 결혼처럼 출판도 해보지 않으면 아무리 머릿속으로 시뮬레이션을 해봐도 어떤 책을 내서 얼마큼 팔고 또 독자로부터는 어떤 반응을 얻을지 모르는 일이거든요.

❸ 출판사 초창기에 가장 어려운 점은 무엇인가요?

첫 책 낼 정도의 돈만 있다면 출판사를 만들고 가장 어려운 점은 아무래도 작은 출판사이다 보니 출판사 규모만 보고 웬만한 작가들은 믿고 원고를 주기가 어려워서 마음에 드는 원고가 없다는 점이에요. 그래서 큰 출판사 출신들이 창업을 할 때면 그동안 관리했던 작가들에게 그런 사실을 알리고 다음 작업을 자신과 해달라고 하기도 한대요.

그럼 마음에 드는 원고를 손에 쥐기 위해 어떻게 해야 할까요? 그것은 앞서 인쇄소 사장님 인터뷰 내용처럼 작은 출판사일수록 현장 감각이나 트렌드 분석 등을 공부하고 각종 모임이나 행사에 부지런히 얼굴을 내밀어야 한다고 해요.

얼마 전에 본 영화에서 "가만히 있지 마. 나대. 막 나대."라는 말처럼 처음 책을 쓰려는 예비작가일수록 SNS 활동을 하고, 여기저기에 자신을 알리는 일을 계속 하라고 했던 것처럼 작은 출판사일수록 최대한 많이 출판사를 알려야 해요.

❹ 원고 보는 법이 따로 있나요?

편집자로서 원고 보는 법은 따로 있다고 생각해요. 저희처럼 작은 출판사에서는 편집자가 대표이기도 하잖아요. 그럴 때 편집자는 원고를 받았을 때 가장 먼저 이 원고로 책을 만들면 얼마나 팔 수 있을까를 생각해야 해요. 작은 출판사일수록 한 해에 내는 출판 종수가 많지 않기 때문에 한 권 한 권 판매량이 큰 출판사보다 더 많은 영향을 주기 때문이죠.

어떤 분은 얼마나 팔릴까에 있어서 중쇄를 찍을 수 있나? 더 높게는 3쇄는 찍을 수 있는 책이 아니면 만들지 말라고 하시는 분들이 있는데, 이렇게 높은 판매량만 따진다면 작은 출판사에서는 그나마 원고도 없는데 출간할 원고가 더 없어질 수 있으니 저 같은 경우는 적어도 초판 1천부 기준으로 초판은 무리없이 소진할 수 있는 원고면 출간을 결심하는 것 같아요.

물론 얼마나 팔릴까에 앞서 이 책을 왜 굳이 우리 출판사에서 내야 하는가를 가장 먼저, 가장 오래 생각해야겠죠. 그 고민이 끝나고 그런 다음 이 원고로 책을 만들기로 했다면 어떤 책으로 낼까 전체 그림을 그리고 그 그림을 실현시킬 수 있도록 각자 역할을 할 수 있게 만들고요.

판매를 떠나서 작가의 태도를 보는 것도 중요해요. 그만큼 한 권의 책을 내다 보면 몸과 마음이 많이 지치다 보니 그 작가와 일을 하는데 몸과 마음이 황량하지 않을 자신이 있을 때 그 작가 원고를 보기 시작하는 것 같아요.

❺ 외주 작업자와 소통하는 법이 따로 있을까요?

책을 만들다 보면 외주 작업자와 소통하는 것이 마음처럼 잘 안 돼서 참 힘들다는 생각이 들 거예요. 외주 작업자 특히 디자이너는 저희 회사만 거래하는 사람이 아니니 최대한 일정을 둘 다 좋게 잡기가 어려운데요.

그래서 저는 디자이너와 이야기할 때 최대한 책을 만들기 전 제 머릿속으로(때로는 직접 그림으로 그려서 보여주기도 해요) 그렸던 그림을 디자이너에게 전달하고 디자이너 의견을 받아들이는 편이에요. 이야기를 많이 할수록 두 사람이 그렸던 그림에서 나오는 오차가 줄어들기 마련이죠.

인쇄소는 지금 스토리닷은 거의 한 인쇄소와 거래중인데요. 그래도 타 인쇄소와 견적사항이 다른지, 비슷한지를 보는 비교 견적서는 꼭 받아보는 것이 좋아요. 저 같은 경우도 초창기 작은 인쇄소에서 지금의 인쇄소로 옮기면서 같은 책인데,

백 만원 정도까지 차이가 나는 것도 경험했어요. 다들 돈을 쓰고 얻는 게 가장 쉽게 얻는 경험이라지만, 여러분은 저처럼 그런 경험을 원하지 않으신다면 어느 정도 안정권에 들지 않는 이상 비교 견적서는 꼭 받아보는 게 좋겠죠.

❻ 작가 인세 주는 방법이 있나요?

음, 이건《책쓰기 어떻게 시작할까》에 자세히 나와 있어요. 참고 부탁드려요.

❼ 대략 하루 일정이 어떻게 되나요?

저도 출판사를 시작하면서 다른 사람들은 하루를 어떻게 보내는지 이런 게 궁금하더라고요. 출판사를 시작하면 각 서점으로부터 주문이 그날 새벽부터 시작해서 오전 10시 30분이면 거의 다 와요. 저희는 인터넷팩스(웹하드에서 부가서비스로 제공하는 팩스 서비스)를 사용하는데요. 주문을 받는 것으로 그날의 업무를 시작한다고 보면 되겠죠. 주문을 처리하는 시간은 주문량에 따라 달라요. 그런데 이 시간만큼은 정신을 똑바로 차려야 해요. (저는 아침형인간이 아니기에 언제부턴가 빨리 아침잠을 깨우기 위해 산책을 하기 시작했어요. 거의 매일 앞산에 한 한 시간쯤 슬슬 걷다가 오면 그래도 머리가 맑아지는 것 같아요) 각 서점별 공급가가 다르기 때문에(돈과 직결되기 때문에) 잘못하면 다음 달 계산서를 처리할 때 아주 머리가 복잡해지기 때문이죠.

계산서 발행하는 얘기가 나왔으니 말인데요. 저희 스토리 닷은 책은 면세임에도 불구하고 일반과세자로 사업등록증을 냈어요. 그 이유는 그때는 단행본 제작과 함께 콘텐츠 대행을 하기 위함이었는데 어느 순간 그 콘텐츠 대행이 점점 줄어들 더니만 이제는 그 일이 거의 없다시피하고 있어요. 계산서 발 행은 주로 월초에 해야 해요. 매월 3일 정도에 하게 되는데요. 처음에는 이 계산서 발행도 쉽지 않았던 기억이 나네요.

주문을 받고 나면 그날그날 해야 할 일을 메모장을 보고 하나씩 해결해요. 제 메모장에는 매일 해야 할 일로 주문받기, 원고 쓰기가 있고 날짜별로 해야 할 일이 메모돼 있죠. 지금처 럼 원고마감을 해야 한다면 오전 주문 받기를 끝내고 바로 원 고 쓰기를 하고요. 그렇지 않은 날에는 각 날짜별로 해야 할 일을 해요. 아직 아이가 어려서 집으로 일찍 오기 때문에 점 심 먹기 전까지 그날 일을 대부분 처리하려고 하고 있어요. 그 래도 교정 볼 일이나 외근이 잡혀 있다면 이런 날은 예외겠죠. 교정을 볼 때는 저녁식사 시간이 끝나고 가족 모두가 잠든 때부터 새벽까지 집중해서 보기도 해요. 즐겁기도 하고 피곤하기도 해요.

❽ 물류는 어디를 써야 할까요?

저는 처음 출판사를 차릴 때 물류라는 말도 잘 몰랐어요. 물류라고 하면 유통 정도만 머릿속에 있었죠. 그러다가 각 서점과 계약을 맺는 과정에서 물류는 어디를 쓰시나요? 라는 질문에 네? 창고 어디 쓰시냐고요? 해서 아하, 그래서 알게 됐답니다.

물류는 좀 전에 말씀드렸듯 책을 보관하는 장소인 창고 개념과 그 창고에서 책을 전국 방방곡곡에 보낼 수 있는 기능을 갖고 있는 곳을 말해요.

출판사 초창기 때는 책이 잘 팔리지 않아도 월세처럼 매월 따박따박 나가는 창고비가 참 야속할 만큼 창고비가 아까워요. 집만 넓으면 집 한쪽을 물류창고로 사용할까 싶은 생각이 들 정도로요. 그런데 출판사를 본격적으로 한다면 비용이 좀 들더라도 물류는 좀 안정적인 서비스를 제공해주는 곳으로 선택하시는 게 좋아요.

왜냐하면 책을 만들어서 한 종 한 종 쌓다 보면 다른 물류사로 옮기기가 어렵기 때문이죠. 그렇기 때문에 물류는 출판사 시작할 때 여러 곳과 비교해서 잘 선택하시길 바라요.

❾ 신규 거래는 어떻게 해야 하나요?

질문이 중구난방이네요. 하하. 그렇죠. 출판사를 차려서 출판사 이름이 나오고 그래서 책을 만들면 서점 거래를 해야겠죠. 저희 스토리닷은 현재 인터넷서점 3곳과 오프라인서점 2곳을 거래하고 있고 동네책방과 도매회사인 북센과 일원화를 하고 있어요. 출판사를 시작할 때는 도매상까지 거래하지 않아도 되지만, 인터넷서점과 오프라인서점 거래는 필수라고 생각했는데, 앞에 김헌준 부장님 인터뷰 내용이 생각나네요. 참고해보세요.

각 서점 신규 거래 방법은 각 서점 인터넷 페이지 하단에 보면 출판사 여러분에게 라든가, 협력사 페이지를 보면 자세하게 나와있어요. 주로 책을 만들어서는 온갖 서류를 챙겨서 각 서점별로 신규거래 담당자와 계약서를 쓰고 나오면 되는 일이니 너무 긴장하지 마시고요. 그런데 각 서점별로 서류가 다르고, 종류가 많아서 은근 스트레스일 수 있으니 마음을 그저 내려놓고 이런 절차를 거쳐야 내 책을 팔 수 있다고 생각하시고요.

❿ 독립서점과의 거래는 어떻게 해야 할까요?

저도 아직 잘 못하고 있는 부분이 이쪽이에요. 독립서점, 동네책방 관련해서는 앞서 나와있는 이후북스 황부농 대표님께서 아주 잘 말씀해주신 듯해요. 참고하셨으면 합니다.

⓫ 수금은 어떤 과정을 통해서 어떻게 되나요?

그래요. 돈이 중요하죠. 출판사는 수금을 하려면 계산서를 발행해야 해요. 계산서 발행법에 관해서는 아시는 분들이 더 많을 듯하지만, 저처럼 편집자 역할만 하다가 출판사를 차린 분들을 위해 한 말씀드리자면, 저희 스토리닷은 스마일edi라는 서비스로 계산서를 발행하고 있어요. 계산서를 발행하기 위해서는 계산서 발행용 전용 공인인증서를 발급받아야 해요. 이것은 은행에서 공인인증서를 발급받을 때 계산서용으로 발급받으시면 되고요.

계산서 발행과는 달리 돈 관리 예를 들면 인세나 디자인비나 종이인쇄비나 미팅시 사용하는 비용 이를 테면 책을 만들면서 사용하는 모든 비용은 한 통장에서 나가게 하는 게 좋아요.

⑫ 이북도 만들어야 하나요?

이북이라고 말하는 전자책도 만들어야 하는가에 대해 물어보시는 분도 있어요. 저희 스토리닷은 현재 종이책만 만들고 있어요. 다만 앞으로는(사실 언제부터 해야 할지 모르겠어요. 종이책 내는 것도 항상 일정에 허덕거리고 있어서요) 이북이나 전자책도 만들어야 한다고는 생각하고 있어요.

출판사 초창기 때는 너무 많은 일을 벌이는 것보다 종이책에 집중하시고 나중에 이북이나 전자책을 해보셔도 늦지 않다고 생각해요. 생각보다 출판사를 차리면 해야 할 일이 많아요. 없다고 생각하면 없지만 하려고 들면 정말 할 일이 많은 곳이 출판사라는 사실!

⑬ 요새는 텀블벅과 같은 크라우드 펀딩으로 출판을 시작하려는 분들도 많은 것 같아요

텀블벅과 같은 크라우드 펀딩으로 출판사를 시작하시는 분들이 점차 많아지는 것 같아요. 저는 나쁘지 않다고 생각해요. 출판사를 바로 차려서 얼마나 팔릴지 모르는 책을 내놓는 것보다 이런 크라우드 펀딩을 통해 독자를 경험해보는 것도 좋은 기회라 생각해요. 다만 크라우드 펀딩에 참여하는 사람

책만들기 어떻게 시작할까

들과 일반 독자층은 조금 다른 것 같아요.

크라우드 펀딩에 참여하는 분들은 더 마니아층에 가깝다고 해야 할까요? 만약 크라우드 펀딩에 참여해서 책을 만든다면 크라우드 펀딩 연구를 좀 더 해서 이왕이면 높은 성공률로 성공하길 바랍니다.

요새 출판사를 시작하려는 한 지인은 이런 말을 하더군요. 텀블벅을 성공하려면 소장 가치가 있는 책이어야 한다고 말입니다. 그저 그렇게 읽고 말 책보다는 소장 가치가 있는 책은 무엇일까요? 다시 한번 깊이있게 생각해볼 문제 아닐까요?

⑭ 출판사를 차리면서 보험도 들어야 하나요?

출판사를 시작하려는 한 지인이 보험은 들었냐고 하더라고요? 아니라고 했더니만, 보험을 들면 제공하는 것도 많으니 살펴보라고 하더군요. 저는 처음 출판사를 시작하면서 정신 없어서 이런 부분까지 챙기지 못했지만, 여러분들은 한번 확인해보세요.

⑮ 창업시기는 언제가 좋은가요?

여러 지원이 연초에 몰려있어요. 그런다고 사업자등록증

만 달랑 한 장 있다고 지원이 되는 게 아니니 6개월 정도 전쯤 그러니까 그 전 해에 사업을 시작하는 게 여러모로 좋을 것 같다는 결론에 도달했는데요. 이런 일이 자로 잰 듯 딱딱 떨어지는 게 아니니 참고만 하시고요.

⑯ 출판을 하면서 지원받을 수 있는 곳과 방법이 궁금해요

제 전 책《책쓰기 어떻게 시작할까》에 지원과 관련된 자세한 이야기를 해놓았어요. 참고하셨으면 합니다.

⑰ 즐겨찾기 해야 할 사이트

웹하드

문화유통북스

교보문고협력사네트워크

스마일edi

한국출판문화산업진흥원

서지정보유통지원시스템

북센

아침독서운동

세종도서온라인시스템

한국문화예술위원회

홈택스

대한출판문화협회

책만들기 어떻게 시작할까

초판 1쇄 발행 | 2020년 1월 23일

지은이	이정하
펴낸이	이정하
디자인	토가 김선태
사진	슬리퍼
장소협찬	메종인디아 트래블앤북스, 예림인쇄

펴낸곳	스토리닷
주소	서울시 서초구 방배동 934-3 203호
전화	010-8936-6618
팩스	0505-116-6618
ISBN	979-11-88613-12-0 (04800)
	979-11-88613-02-1 (세트)

홈페이지	http://blog.naver.com/storydot
SNS	www.facebook.com/storydot12
전자우편	storydot@naver.com
출판등록	2013. 09. 12 제2013-000162

이 도서의 국립중앙도서관 출판예정도서목록(CIP)은 서지정보유통지원시스템
홈페이지(http://seoji.nl.go.kr)와 국가자료공동목록시스템(http://www.nl.go.kr/kolisnet)에서
이용하실 수 있습니다.(CIP제어번호: CIP2020000622)

스토리닷은 독자여러분과 함께합니다.
책에 대한 의견이나 출간에 관심 있으신 분은 언제라도 연락주세요. 반갑게 맞이하겠습니다.